LES

BEAUX-ARTS

EN ANGLETERRE

T. II.

LES BEAUX-ARTS

EN ANGLETERRE;

OUVRAGE DANS LEQUEL ON TROUVE

Des Notices raisonnées des Principaux Monumens d'ARCHI-
TECTURE anciens et modernes , et des Ouvrages remarquables de PEINTURE et SCULPTURE qui sont dans les
Collections publiques et particulières de Londres , d'Oxford,
et dans les Châteaux et Maisons de Campagne ;

Une indication des Statues, des Bustes et Bas-Reliefs extraits
récemment des fouilles faites au compte des Anglois à Rome, et
des Tableaux qui ont été achetés pour eux sur le Continent ;

Une Histoire de l'ARCHITECTURE, de la PEINTURE et de la SCULPTURE en
Angleterre; des Anecdotes sur les plus célèbres Artistes anciens et modernes :

Ouvrage propre à servir de Guide aux Amateurs qui voyagent en Angleterre ;

Traduit de l'Anglois de M. DALLAWAY, par M***;

PUBLIÉ ET AUGMENTÉ DE NOTES

PAR A. L. MILLIN,

Membre de l'Institut et de la Légion d'honneur, Conservateur du
Cabinet des Médailles , des Antiques , et des Pierres gravées de la
Bibliothèque Impériale , etc., etc.

TOME SECOND

A PARIS,

Chez F. BUISSON , Libraire , rue Gît-le-Cœur , n°. 10 , ci-devant
rue Haute-Feuille , n°s. 20 et 23.

1807.

DES ARTS
EN ANGLETERRE.

SUITE
DE LA SECONDE PARTIE.
SECTION VI.

*Introduction des Antiques en Angleterre. —
Le docteur Mead. — Le lord Leicester. —
Le lord Orford. — Mode d'avoir des Marbres de Rome. — Collection du comte Leicester à Holkham , du comte d'Égremont
à Petworth. — Statue d'un jeune Faune ,
avec le nom de l'artiste Apollonius. —
Collection de lord Orford à Houghton , de
M. H. Walpole à Strawberry - Hill , du
comte de Carlisle au château Howard.*

Pendant une grande partie du dix-huitième
siècle , la collection d'Arundel , et celle de
Pembroke furent les seules qui existassent. On

admettoit quelquefois comme embellissement dans les palais des grands seigneurs, des copies de l'antique en bronze ou en plâtre. Mais les or-nemens les plus ordinaires des bibliothèques et des salons, étoient des bustes exécutés par des sculpteurs modernes. Le goût des jardins imités de ceux des François et tracés d'après Lenôtre, donnoit une continuelle occupation aux fabrica-teurs de ces images qui paroissoient prendre l'air dans les jardins (1). La mode corrompoit le goût et le jugement : l'anecdote suivante en est une preuve. Un particulier d'un des comtés de l'Ouest avoit acheté à Rome deux statues antiques en marbre ; il les avoit transportées en Angleterre, et placées dans ses jardins ; son fils, peu connois-seur, avoit épousé une femme de la ville, esclave de la mode ; elle fit peindre ces malheureuses statues, afin, disoit-elle, qu'elles eussent l'air d'être de plomb.

Le docteur Mead, médecin de George II, avoit une petite collection qui fut vendue à sa mort. Une statue d'*Hygiée* fut achetée par feu lord Litchfield ; elle est actuellement à Ditchley. Il

---

(1) Au commencement du siècle, ces magasins d'images étoient dans Picadilly. Ces prétendues imitations de l'an-tique étoient au-dessous de toute critique. *D.*

avoit aussi une *Livie*, femme d'Auguste, représentée en Cérès, une *Flore* antique parfaite, un
Hercule par Algardi, et une *Vénus endormie*
par Bernini : c'est probablement celle qui est actuellement à Wilton (1).

Les bustes connus alors étoient l'*Homère* en
bronze, actuellement au Muséum britannique ;
Cicéron en basalte, exactement ressemblant au
buste de Médicis, mais d'une couleur différente; *Auguste, Marcellus, Antinoüs* et *Méléagre*.

A-peu-près vers ce temps, Thomas Coke,
comte de Leicester, acheva son magnifique palais
à Holkam dans le Norfolk, et forma une galerie de
statues. En 1755, Brettingham, le plus jeune fils
de l'architecte, fut envoyé en Italie par ce seigneur pour y chercher des antiques. Parmi les
statues dont il fit l'acquisition, les meilleures sont
un *vieux Faune, Lucius Verus* en habit consulaire, et une *Diane*. Et parmi les bustes, ceux de
l'ancien *Brutus* et de *Sénèque*.

Robert Walpole avoit embelli sa superbe

_____

(1) Bernini a fait le matelas sur lequel repose le célèbre
Hermaphrodite du palais Borghèse, et la Vénus du docteur Mead est exactement dans les mêmes proportions,
et presque dans la même attitude : il n'est pas improbable
que Bernini a voulu imiter cette statue. *D.*

maison de Houghton en Norfolk de plusieurs
bustes et de plusieurs têtes d'un grand mérite, pareillement rassemblés par Brettingham.
Après en avoir donné la description, je passerai
à celle d'une autre galerie que forma feu lord d'E-
gremont à Petworth dans le Sussex. Le même
Brettingham fut aussi son agent à Rome. Plusieurs de ces marbres ont été achetés dans les
ventes des plus célèbres collections.

Les papes et les cardinaux des familles Barberini, Borghese et Giustiniani, quand ils formèrent leurs collections des sculptures nouvel-
lement découvertes, n'offroient à la vue que les
statues les plus parfaites, celles qui étoient sus-
ceptibles de restauration. Les fragmens et les
torses étoient alors relégués dans des dépôts, d'où
ils ont été depuis successivement tirés par les
sculpteurs romains, particulièrement par Cavaceppi, Cardelli et Pacili, qui ont restauré une
quantité de morceaux avec un talent et une in-
telligence admirables. Piranesi l'aîné étoit également très-habile à composer des vases et des candelabres, avec de petits fragmens du travail le
plus exquis.

Ces artistes ont trouvé chez les seigneurs et
chez les particuliers anglais une protection très-
libérale, et c'est d'eux qu'ont été obtenus ces

magnifiques modèles des arts qui sont actuellement l'orgueil de notre nation. Les célèbres collections des palais Barberini, Mattei et Negroni, ont été fréquemment mises à contribution par la vente de quelques marbres célèbres, pour subvenir aux besoins de quelques individus de ces familles (1).

Trois particuliers se sont établis depuis trente ans à Rome. Leurs connoissances et leur bon goût ont beaucoup contribué à répandre chez les seigneurs et les riches anglais qui voyagent en Italie le desir de posséder des sculptures antiques. Ces artistes sont M. James Byres, architecte, M. Gavin Hamilton, qui a peint, dans la villa Borghese, quelques sujets de l'Iliade avec une grande correction, et M. Thomas Jenkins, banquier, lesquels se sont activement occupés à tirer de l'oubli ou de l'obscurité plusieurs restes de l'antiquité, qui peuvent être placés à côté des morceaux les plus choisis des galeries des princes italiens. Ces artistes avoient

_____

(1) La collection Giustiniani étoit la première de Rome : une partie a été vendue publiquement. *D.* — Le reste, qui est encore très-considérable, est actuellement possédé par le sénateur Lucien Bonaparte, qui se distingue par un goût éclairé pour les arts. *A. L. M.*

reconnu que la Campagne de Rome avoit été im-
parfaitement fouillée, et que la ville même étoit
une mine inépuisable. Le pape a permis cette
nouvelle recherche, sous les conditions suivantes:
Quand on fait une fouille, les antiquités que l'on
découvre sont divisées en quatre lots : le premier
est pour Sa Sainteté, le second pour la *Camera*,
ou les ministres d'état, le troisième pour le propriétaire du sol, et le dernier appartient à celui
qui fait les frais de la fouille. Quelquefois Sa Sainteté consent à acheter le tout; quelquefois aussi
celui qui fait la fouille achète toutes les parts
avant l'ouverture du terrein. La ville d'Hadrien
à Tivoli, la cité des Gabii, et plusieurs autres
lieux, ont amplement dédommagé de leur peine
et de leur dépense ceux qui ont entrepris ces
intéressantes recherches.

SECTION VII.

Collection de Sculptures faite par le feu comte de Leicester, à Holkham, dans le comté de Norfolk.

1, 2. DEUX jeunes *Faunes* debout, ayant une jambe croisée sur l'autre , et jouant sur des pipeaux. Leur attitude est la même que celle du Faune de la villa Borghese, et ils lui sont très-peu inférieurs pour le caractère et le travail. L'un a été acheté du cardinal Alexandre Albani, et l'autre du sculpteur Cavaceppi, qui les a restaurés.

3. *Neptune*. Les bras , ainsi que le trident, ont été restaurés par Carlo Monaldi.

4. *Un Faune* très-entier et très-beau. Les deux mains et une partie du *lituus* (1) qu'il tient sont les seules additions modernes. Cette statue a été tirée d'une fouille dans la Campagne de

---

(1) Est - ce un cornet ou le *pedum* que M. Dallaway désigne par cette expression , qui indique une espèce de trompette militaire ou le bâton augural , et ne peut convenir à un instrument placé dans les mains d'un faune? *A. L. M.*

Rome, et achetée d'abord par le cardinal Alexan-dre Albani.

5. *Méléagre.* Le bras gauche, les jambes et la tête de l'ours (1) ont été ajoutés par Ca-vaceppi.

6. *Vénus.* La draperie est très-belle.

7. *Apollon.* Les jambes sont modernes.

8. *Diane.* Cette statue célèbre fut achetée à Rome et envoyée par lord Leicester : elle a été la cause de l'arrestation de ce seigneur; mais bientôt il fut mis en liberté à la demande du grand-duc. Elle a été faite de deux pièces pour la facilité du transport (2). La partie supérieure est appuyée sur l'inférieure au-dessus de la cein-ture, et le joint est caché par les plis de la dra-perie. Le bras droit est élevé, et la main est pliée en arrière comme pour prendre une flèche dans le carquois. La tête et quelques - uns des

---

(1) Il a donc seulement été restauré comme un chas-seur, et non comme un Méléagre ; autrement l'artiste auroit mis auprès une tête de sanglier, et non celle d'un ours. *A. L. M.*

(2) Quelques statues ont été faites aussi de plusieurs blocs, mais ce n'a pas été pour la facilité du transport; car les statues des dieux ne devoient être enlevées de leur temple qu'après la prise de la ville. *A. L. M.*

doigts ont été restaurés par Camillo Rusconi (1). Spence fait mention de cette statue dans
son *Polymetis :* il conjecture qu'elle appartenoit
à Cicéron (2). On dit qu'elle a coûté à lord
Leicester quinze cents livres sterlings.

9. *Bacchus.* La main droite et le bras gauche
ont été restaurés par Cavaceppi.

10. *Lucius Verus.* Statue parfaitement conservée, achetée à Rome par Kent, l'architecte.

11. *Lucius Antonius* (3). Très-belle statue.
La tête et le bras droit ont été supérieurement

---

(1) Il paroît que l'attitude de cette statue est à-peu-près
semblable à celle de la Diane du *Musée Napoléon,* nº. 2,
gravée dans la *Raccolta* de MAFFEI, pl. CXLV. On voit,
sur plusieurs médailles, Diane représentée de la même manière. *A. L. M.*

(2) M. SPENCE, *Polymetis,* p. 105, note 10{, parle
d'une statue de Diane qui fut enlevée de Sicile par les Car-
thaginois, reprise par Scipion, qui la rendit aux Siciliens,
et enlevée de nouveau par Verres. CICER., *in Verr.,* 4,
décrit cette statue, et M. Spence ajoute que cette description convient dans les principaux points à la Diane de
lord Leicester ; mais il n'assure point que ce soit la même,
et sur-tout il ne dit pas qu'elle ait appartenu à Cicéron.
A. L. M.

(3) Il est très-douteux que cette statue représente réellement le frère du Triumvir. *A. L. M.*

restaurés par Bernini : elle a été apportée de Rome par lord Leicester.

12. *Junon*. Statue colossale. C'étoit un fragment appartenant au cardinal Albani ; il a été restauré par Cavaceppi.

13. *Agrippine* déifiée comme Cérès, statue colossale.

14. *Jupiter*, statue colossale placée sous le portique de la salle de billard. Les attributs qui constituent le caractère de ce dieu sont modernes, ainsi que les bras, qui ont été bien restaurés par Wilton. C'est pourquoi cette statue peut être considérée comme n'ayant pas été précisément un Jupiter. M. Kent avoit l'intention, que M. Walpole admire beaucoup (1), de la placer au haut du grand escalier qui conduit du vestibule au salon ; mais cela auroit obstrué l'entrée déjà trop étroite, c'est sans doute pourquoi cette heureuse idée n'a pas été adoptée.

Les autres monumens sont des bustes. *Brutus*, *Sénèque*, *Junon* colossale, *Lucius Verus idem*. Ces deux bustes sont excellens : le dernier a été découvert en curant le port de Nettuno. Il y a plusieurs autres bustes qui,

***

(1) *Anecdotes of Painting*, t. IV, p. 110.

s'ils sont originaux, sont des répétitions de beaucoup d'autres d'un grand mérite, qu'on trouve dans différentes collections; ils sont en général du moyen empire.

SECTION VIII.

Collection du comte d'Egremont à Petworth, dans le comté de Sussex. — Statues. — Diane. — Bustes. — Inscriptions des Monumens.

————

1. U<small>N</small> *Philosophe* assis, drapé. Il n'y a aucune partie nue; la tête n'est pas celle de la statue, mais elle est d'un beau caractère, et d'un bon style : les deux bras et la jambe gauche sont restaurés.

2. Un *Philosophe*, ou une *Figure consulaire* assise. La tête n'appartient pas à la statue, mais elle convient bien au caractère du corps. La poitrine et le bras droit sont nuds, comme dans le Marcus-Antonius de Wilton-House (1). Le bras gauche depuis le coude, ainsi que le bras et le pied droits au-dessus de la cheville, où finit la draperie, sont restaurés

Ces statues sont de sculpture grecque, et viennent du palais Barberini.

————

(1) *Suprà*, part. I.

3. *Camillus* (1) ayant devant lui un porc qu'il tient par les jambes. Très-belle statue du même temps que les précédentes, et presque parfaite.

4. Une *Diane*, vêtue de la peau d'un faune, plus petite que nature. Les bras sont modernes; et la tête, quoiqu'elle soit antique, ne doit pas lui appartenir (2).

5. *Apollon* ou *Trophonius*, prêtre qui rendoit des oracles, et qui fut adoré en Bœotie comme un dieu (3). Il est nud, avec son bras droit appuyé sur le tronc d'un arbre, autour duquel un serpent est entortillé; une draperie est jetée sur le haut du tronc. Les cheveux diffèrent de ceux qu'on remarque ordinairement dans les

---

(1) On appelle ainsi les jeunes gens qui aidoient les prêtres dans les sacrifices. *A. L. M.*

(2) Aucune statue connue ne paroît vêtue de la peau d'un Faune. M. Dallaway entend probablement par ce mot la *nebris*, cette espèce de peau qui sert de vêtement aux Faunes : mais Diane ne se voit jamais avec ce vêtement; et puisque la tête qui pouvoit la caractériser manque, on peut presque assurer que cette statue n'est pas celle de cette déesse. *Juno Lanuvina* est représentée vêtue d'une peau de chèvre; mais ses images sont très-rares. Il est très-probable que la figure dont il est ici question est celle d'une Bacchante. *A. L. M.*

(3) Cicero, *de Nat. deor.*, III, 19-20. *D.*

statues d'Apollon ; ils sont courts sur la couronne de la tête. Une partie du nez, la jambe gauche et le bras droit sont restaurés (1).

6. Une *Figure de femme* drapée. La tête, le bras droit et la main gauche sont des additions modernes. Winckelmann regarde cette statue comme représentant Vénus (2).

7. *Apollon Citharœde*, vêtu d'un manteau qui pend largement derrière et par-devant ; il est ouvert de chaque côté, ce qui laisse voir le nud, et il est joint sur les épaules par une agraffe. Les pieds sont chaussés avec des sandales. Le bras droit et le *plectrum* sont modernes (3). La draperie de cette statue est excellente. Un collier de perles est attaché au tronc qui la supporte, comme dans celle de la Villa Albani. Les cheveux sont ramenés en arrière, disposés en rayons, liés et tombans sur les épaules, comme ceux d'une Muse ; il y a deux boucles seulement

---

(1) Cette image est évidemment celle d'Apollon. *A. L. M.*

(2) *Monum. ined.*, t. II, p. 37. *D.* — Il n'y a rien dans ce passage qui ait rapport à ce monument. *A. L. M.*

(3) Ce n'est nullement là le costume de l'Apollon Citharœde, qui est très-connu par une belle médaille d'or d'Auguste, et par les belles statues du *Musée Napoléon*, n°. 193 ; *Museo Pio-Clem.*, t. I, pl. xvi. *A. L. M.*

au-dessous de chaque oreille. Cette statue est plus petite que nature; elle a cinq pieds de haut.

8. *Personnage consulaire*, statue drapée, de sculpture romaine : la tête ne lui appartient pas, mais elle est excellente : les mains sont modernes.

9. *Matrone* drapée. La tête ressemble à celle d'Agrippine, mère de Néron; elle n'appartient pas à cette statue. La chaussure est pointue par le bout; la draperie est légère, et tombe en petits plis. Le nez, la totalité du bras droit et de l'épaule, ainsi que le bras gauche, sont restaurés.

10. *Ganymède*, avec l'aigle, statue plus grande que nature. Les ailes de l'aigle sont éployées; une d'elles entoure la cuisse. C'est une très-bonne copie antique d'un original parfait. La tête, le bras droit de Ganymède et le dos de l'aigle ont été restaurés.

11. *Helenus*, prêtre d'Apollon, statue grande comme nature; il est vêtu d'une tunique phrygienne qui tombe sur les genoux; quoique elle soit faite pour le corps, elle a l'apparence d'être très-lâche, et n'a point de ceinture (1), particularité qui indique la divination ou l'office

---

(1) Il seroit impossible de reconnoître à ces caractères une image d'Helenus. *A. L. M.*

d'un prophète (1). Les cheveux sont rassemblés
en masses rondes, distinctes et frisées; il est couronné de laurier; les bras, depuis le dessus du
coude, et les deux jambes, sont modernes. Il
paroît d'après ce qui reste des bras, qu'ils étoient
couverts originairement d'une manche serrée,
et une petite partie de la jambe gauche laissé
apercevoir la chaussure (2) phrygienne, avec
des courroyes de cuir, qui ont la forme d'une
tête du poisson qu'on nomme l'*empereur*.

12. Un *Athlète*, dans l'action de se oindre.
Cette statue a été passée à la pierre ponce. Les
muscles sont fortement prononcés; le caractère
est vigoureux et conforme à la profession d'un
athlète; la main droite avec le coude, les doigts
de la main gauche et les deux jambes ne sont pas
antiques.

13. *Faune* debout, les jambes croisées, et
appuyé contre le tronc d'un arbre; c'est une

---

(2) Ce caractère ne peut être admis pour signifier ce
que M. Dallaway veut y reconnoître. *A. L. M.*

(3) Les Phrygiens sont ordinairement représentés avec
des *anaxyrides*, espèce de pantalon, et point avec cette
chaussure, qui me paroît être le cothurne tyrrhenien.
Voy. mes *Monumens antiques inédits*, t. I, p. 10, 259;
II, 71. *A. L. M.*

des nombreuses répétitions de ce sujet, exactement semblables à celui du Capitole (1).

14. Un *Silène Canephore*, c'est-à-dire, portant un panier sur sa tête, et avec d'autres symboles antiques et curieux.

15. Un *jeune Romain* avec un vêtement long
et portant un coffret (2). Statue très-réparée et
d'une sculpture matérielle.

16. Un *jeune Faune*. Sur le pilastre uni qui
sert à le porter, il y avoit une inscription en
plusieurs lignes, qui sont actuellement tellement
effacées, qu'on n'y peut distinguer que le nom
du sculpteur ΑΠΟΛΛΩΝΙΟΣ, et le mot ΕΠΟΙΕΙ (3).

_____

(1) Il est au *Musée Napoléon*, n°. 50. Voyez-en la
figure dans le *Museo Pio-Clem.*, t. II, pl. xxx. On re-
connoît, dans cette statue et ses répétitions, des imitations
du *Périboetos* de Praxitèles. *A. L. M.*

(2) Ne seroit-ce pas un *Camillus* portant *l'acerra*, ou
coffre à encens ? *A. L. M.*

(3) Le célèbre torse d'Hercule du *Musée Napoléon*,
n°. 107 (*Mus. Pio-Clem.*, t. II, pl. x.), est l'ouvrage de
cet artiste, selon l'inscription qui est sur la plinthe :
ΑΠΟΛΛΩΝΙΟΣ. ΝΕΣΤΟΡΟΣ. ΑΘΗΝΑΙΟΣ. ΕΠΟΙΕΙ. Les noms
qui sont inscrits sur plusieurs statues célèbres sont ceux des
copistes, ce qui est donné à entendre par le mot ΕΠΟΙΕΙ
(*faciebat*, et non *invenit*), car ΕΠΟΙΕΙ semble avoir été
tracé modestement, comme pour désigner un ouvrage

La tête, le col tout entier, l'épaule et le bras
droit, ainsi que le bras gauche, à partir de l'é-
paule, ont été brisés. Ils ont été restaurés sans
aucun accord avec l'action générale de la figure, qui est très-belle. La forme rustique, et
l'agilité nerveuse qui, dans tous les faunes
antiques, participe de l'agilité de la chèvre,
sont exprimés avec un grand talent et une

---

imparfait ou qui n'est point original; tandis que ΕΠΟΙΗΣΕ,
qui signifie que l'ouvrage est complet, a été très-rarement
employé. PLINE assure, dans la préface de son Histoire Naturelle, qu'Apelles et Polyclète écrivoient seulement sur
leurs peintures le mot ΕΠΟΙΕΙ, comme si l'art eût été imparfait, ou que leurs efforts n'eussent pu atteindre à la véritable perfection. Il dit qu'il n'y a que trois tableaux sur lesquels ils aient placé le mot ΕΠΟΙΗΣΕ, probablement parce
qu'ils étoient leurs meilleurs ouvrages; mais il ne les spé-
cifie point dans le cours de son histoire. Il nous apprend que
plusieurs artistes désignoient leurs noms par des symboles
ou des devises. Phidias écrivit sur sa statue de Jupiter
Olympien, ΦΕΙΔΙΑΣ. ΧΑΡΜΙΔΟΥ. ΥΙΟΣ. ΑΘΗΝΑΙΟΣ.
Μ'ΕΠΟΙΗΣΕ, PAUSAN., V, 10; et on lit sur la plinthe de
la Vénus de Médicis, ΚΛΕΟΜΕΝΗΣ. ΑΠΟΛΛΟΔΟΡΟΥ.
ΑΘΗΝΑΙΟΣ. ΕΠΟΙΗΣΕΝ. Plutarque, dans la vie d'Iso-
crates dit que la statue de cet orateur, érigée par Timo-
theus, avoit cette inscription : ΛΕΟΧΑΡΟΥΣ. ΕΡΓΩΝ.
Pline et Pausanias parlent de ce Léochares. Sur l'Hercule
Farnèse on lit : ΓΛΥΚΩΝ. ΑΘΗΝΑΙΟΣ. ΕΠΟΙΕΙ. Quelquefois on gravoit sur la plinthe des inscriptions en vers,

grande vérité. Cet excellent morceau a été découvert, près de Rome, par M. Gavin Hamilton,
qui l'a vendu au lord Egremont.

17. *Junon.* La draperie est bonne, mais les
mains sont modernes, et probablement la tête
l'est aussi.

---

comme l'élégante épigramme de la base du Cupidon de
Praxitèles, qui est attribuée à Simonides. ANTHOL., l. IV,
c. 12, epig. 53, et ATHENÆUS, l. XIII, 591. Mais la
grande incertitude sur l'authenticité de ces inscriptions
naît de l'ignorance ou de la mauvaise foi de ceux qui ont
restauré les statues. Phædre, dans une fable au commencement du cinquième livre, fait allusion aux tromperies
que faisoient, de son temps, des artistes mercenaires.
Vindex, contemporain de Stace et de Martial, étoit si versé
dans la connoissance du style des différens sculpteurs
grecs, qu'il pouvoit décider, sans le secours d'une inscription, du nom des auteurs. Stace cite avec éloge son
goût et sa sagacité, l. IV, silv. 6; et Martial, l. IX,
epig. 45, termine un dialogue entre eux en le faisant
s'écrier :

> *Græce num quid ait poeta nescis?*
> *Inscripta est basis indicatque nomen*
> Λυσιππε *lego, Phidiæ putavi.* D.

Je crois avoir rassemblé à-peu-près ce qu'on peut
savoir relativement aux inscriptions que les anciens pla-
çoient sur les ouvrages de l'art, dans mon *Dictionn. des
Beaux-Arts,* aux mots *Inscriptions, Statues, Critique,
Epoiei. A. L. M.*

18. *Nymphe*. Plusieurs parties sont fragmentées.

19. *Vestale*. Elle a été très-maltraitée, mais la sculpture en est délicate.

20. Une *Amazone*. Les jambes et les bras sont modernes.

21. *Buste d'un Enfant* avec le *latus clavus*; peut-être Caracalla. Il est excellent.

22. *Buste de Septime-Sévère*. Il est entier, à l'exception du nez. Ce marbre est de sculpture romaine grossière.

23. *Buste de femme*, dont les traits et l'arrangement des cheveux ressemblent à ceux de Julia Pia sur les médailles. C'est un beau portrait. On est beaucoup plus dans le cas de se tromper pour la détermination précise des bustes et des statues, quand ce sont des portraits de particuliers, que pour ceux des empereurs, de leurs femmes, ou des membres des différentes familles impériales, parce que l'inspection des médailles fait reconnoître leur ressemblance. Quelquefois, parmi les Romains, des particuliers prenoient les attributs et les traits de quelque divinité.

24. *Statue d'une Impératrice* en Cérès. La draperie est d'un bon style.

25. *Buste de femme* inconnue. Il est parfaitement conservé; c'est un morceau de sculpture

très-bon et fort curieux. Les cheveux sont bouf-
fans de chaque côté, et liés par un nœud derrière la tête. Une touffe de fleurs est sur le
front (1). Sur la *tessere* du piedestal, on voit
Cupidon qui brûle un papillon avec une torche; c'est un des emblêmes de la mort.

26. *Buste de femme*, coiffée comme une
Faustine. Il est entier, mais le col a été cassé.

27. *Buste d'homme*, ressemblant à Hadrien.
Il est entier, mais de sculpture matérielle.

28. *Buste d'un enfant*, drapé, avec le *latus
clavus* et la *bulla aurea*. Le col a été cassé et le nez
a été restauré. Il est dans le plus beau style grec.

29. *Buste*, avec le *latus clavus*, entier jusqu'au milieu du piédestal; le nez est restauré. Ce
buste ressemble plutôt à Septimius-Severus qu'à
Pescennius Niger (2), dont on lui a donné le
nom. La sculpture est grossière.

---

(1) Les descriptions détaillées des cheveux d'Armide
par le TASSE, *Gierusal. liberata*, canto XV, stanza 161;
et c. XVI, st. 18; mais principalement stanza 23: les ex-
pressions de PÉTRARQUE, *Negletto ad arte e'nnellato
e hirto*; et ces mots de MILTON, *Hyacinthine locks*, ont
été inspirés par la vue de l'antique. *D.*

(2) Pescennius Niger fut nommé gouverneur de Syrie
par l'empereur Pertinax: à sa mort il aspira à la pourpre;
mais Septimius-Severus fut plus heureux. *D.*

3o. *Tête de Marcus Aurélius*, sur un buste moderne. Cet empereur paroît âgé d'environ vingt ans; il n'a point de barbe. Il est très-restauré.

31. *Tête d'enfant*, inconnue, avec une couronne de laurier; c'est probablement un des neveux d'Auguste. L'iris des yeux est fortement exprimée.

32. *Tête de Vénus*, avec plusieurs marques de restauration. La déesse a une physionomie douce et expressive. Cette tête est de travail grec.

33. *Tête* ajustée sur le buste moderne d'une Nymphe, appartenant à un groupe d'un Satyre et d'une Nymphe, comme celui du musée Pio-Clémentin (1); plus petit que nature.

34. *Tête de femme*, inconnue. Le style de la sculpture et de la coiffure est du temps qui s'est écoulé depuis Auguste jusqu'à Néron. Les cheveux sont tressés, liés derrière la tête par un nœud, et tombent en boucles. C'est un portrait fort beau et très-bien conservé. Il y a une grande distinction à faire entre les bustes grecs

---

(1) Il est un peu téméraire de décider, d'après l'inspection d'une tête, qu'elle a appartenu à un *groupe*, et non à un buste seulement, ou à une statue isolée. *A. L. M.*

et romains, relativement à l'exécution (1). Ceux
des empereurs romains expriment minutieusement jusqu'aux plus petits détails de la figure.

En voyant les bustes des grands hommes et
des philosophes grecs, nous sommes frappés
d'étonnement en observant le style grand et uniforme avec lequel les artistes dessinoient les
principaux traits qui donnent du caractère à
la physionomie. Quelques-uns de ces bustes sont
analogues à la peinture historique ; les autres
ne sont que de simples portraits.

35. *Tête de Septimius-Severus.* Mauvaise
sculpture, même pour le temps de cet empereur.

36. *Tête de jeune homme*, avec des cheveux
serrés.

37. *Tête d'homme*, inconnue, fortement
dessinée, ayant la barbe et les cheveux courts.
La sculpture est du temps des Gordiens ou de
Gallie.

38. *Tête d'un Dioscure* (2), sur un buste

---

(1) Le buste impérial le plus admiré parmi tous ceux
qui ont encore été découverts, est celui de Lucius Verus,
dans la villa Borghese. Il y en avoit un autre dans le palais Barberini. On préfère à ce dernier celui qui étoit
autrefois dans la collection Mattei, d'où il a passé dans le
cabinet de M. Townley. *D.*

(2) Les Dioscures étoient Castor et Pollux. Pindare

moderne bien exécuté. Elle vient du palais Barberini.

39. *Tête d'homme* inconnu. Les cheveux
et la barbe sont frisés par masses. Elle est de
bonne sculpture.

40. *Tête d'une vieille Femme* sur un buste.
Elle porte le *tutulus*. Cette coiffure peut faire
penser que c'est le buste de la femme d'un
grand - prêtre. C'est un ruban pourpre roulé
avec les cheveux autour de la tête.

41. *Tête de Sabina*, avec un diadème où
l'on voit le soleil, la lune et les étoiles.

42. *Tête de Faustine l'ancienne.* Le buste
ne lui appartient pas; le derrière de la tête est
restauré; mais la figure est de belle sculpture et
dans un état parfait.

43. *Tête de Femme*, représentant Athènes (1).
Une partie du casque a été restaurée; la sculpture est bonne.

---

rapporte leur histoire (Nem. xv), *voy.* aussi Théocrite
(Idyll. xv), ainsi que d'autres mythographes. L'attribut
d'un Dioscure est dans le chapeau qui est fait comme un
œuf coupé par la moitié, par allusion à leur naissance et à
leur mère Léda. CICER., *de Nat. deor.*, l. III, p. 21. *D.*

(1) Jamais la ville d'Athènes n'a été personifiée de cette
manière : c'est Minerve, appelée chez les Grecs *Athéné.*
A. L. M.

44. *Téte d'un héros*, d'un caractère parfaitement dessiné. La face est mal conservée; le nez et la bouche sont restaurés; mais le tout est large et de sculpture grecque. Cette tête est de grandeur colossale, et peut représenter Ajax (1).

45. *Téte de Didia Clara* sur un buste moderne; le nez est restauré. Cette tête est d'une grande vérité.

46. *Téte de femme*, ajustée comme *Julie, fille de Titus*. Elle a été très-restaurée.

47. *Téte d'Antoninus Pius*, avec le col, sur un buste de lumachelle grise.

48. *Téte d'Hadrien*.

49. *Téte d'enfant*, avec un bonnet, sur un buste antique qui n'est pas le sien.

50. *Téte d'Apollon* sur un hermes, avec des boucles de cheveux du plus beau travail: le nez est restauré.

51. *Téte de Bacchus* (2) sur un hermes, dans un caractère de jeunesse et d'effémination.

---

(1) Cette opinion n'est fondée sur aucune probabilité. *A. L. M.*

(2) . . . . Nec fœmina dici
Nec puer ut possit.
OVID., *Metam.* IV, 337 *D.*

Dans une chambre particulière il y a un buste curieux; la face est de crystal, et le reste est de porphyre. Il paroît représenter Isis (1) ou Arsinoé, parce qu'il a le *lotus* sur la tête.

Un grand Bas-relief en bronze, représentant un sacrifice à Jupiter Capitolin. On y voit un prêtre avec un taureau devant un autel; deux enfans supportent un large bouclier de forme circulaire. Ce bas-relief a été dernièrement envoyé d'Italie par M. W. Windham, ministre de sa majesté Britannique à Florence.

---

(1) C'est plutôt Isis : Arsinoé est ordinairement représentée avec un voile; d'ailleurs son portrait est connu par les médailles. *A. L. M.*

SECTION IX.

Collection de Statues faite par M. Robert Walpole, comte d'Orford, à Houghton, dans la province de Norfolk.

———

CETTE collection consiste principalement en bustes.

1. Un *Buste de femme.*
2. *Buste d'Impératrice romaine.*
3. *Buste de Marc-Aurèle.*
4. *Buste de Trajan.*
5. *Buste de Septime-Sévère.*
6. *Buste de Commode;* il a été donné avec le précédent, par le cardinal Alexandre Albani au général Churchill, et celui-ci en fit présent à M. R. Walpole.
7. *Buste d'Hercule.*
8. *Buste de Faustine l'ancienne.*
9. *Buste de Commode,* dans sa jeunesse.
10. *Tête de Jupiter.*
11. *Tête de Philosophe.*
12. *Tête de l'empereur Hadrien.*
13. *Tête de Pallas* ou d'un *Dioscure.*
14. *Tête de Philosophe.*

15. *Tête de Julia Pia*, épouse de Sévère.

16. Un *petit buste de Vénus*.

Les ouvrages suivans ont été faits par des sculpteurs modernes : et ils sont très-beaux.

1. Un *Groupe d'un homme et d'une femme*, par JEAN DE BOLOGNE, c'est l'enlèvement d'une Sabine. Ces figures diffèrent dans leurs attitudes du fameux groupe qui représente le même sujet, dans la *Loggia de i Lanci* à Florence ; mais ils sont des chefs-d'œuvres pour le dessin, pour la force de l'homme et la délicatesse de la femme. Ce bronze a été donné à lord Orford par M. Horace Mann.

2. Le *Laocoon*, beau bronze de GIRARDON.

3, 4. Le *Tibre* et le *Nil*, en bronze, d'après les antiques du Capitole à Rome (1).

5, 6. Les *vases Médicis* (2) et *Borghèse* (3), en bronze.

7, 8, 9, 10. *Rome*, *Minerve*, *Antinoüs*, *Apollon du Belvédère*, en bronze, par CAMILLO RUSCONI.

---

(1) Aujourd'hui au Musée Napoléon. *A. L. M.*

(2) MONTFAUCON, *Antiq. expliq.*, t. II, part. I, pl. LXXXIV, pag. 192. *A. L. M.*

(3) *Villa Pinciana*, t. I, pag. 40, stanza II, pl. IX et X. *A. L. M.*

SECTION X.

Collection de Statues faite par M. Horatio Walpole, depuis comte d'Orford, à Straw-berry-Hill, province de Middlesex.

———

1. Un *Aigle*, trouvé dans les jardins de Bocca-padugli, dans le territoire des bains de Caracalla à Rome. On le regarde comme supérieur au célèbre bronze de la Villa-Mattei.

2. *Buste de Vespasien* en basalte, d'un excellent travail, acheté de la collection du cardinal Ottoboni.

3. *Buste de Marc-Aurèle.*

4. *Buste de Domitilla*, femme de Vespasien. Très-rare.

5. *Buste d'un Camillus*, ou d'un prêtre faisant un sacrifice,

6. *Buste de Julia Mœsa.*

7. *Buste de Faustine l'ancienne.*

8. *Buste d'Antonia*, la mère de Claudius. Rare.

9. *Petit buste en bronze*, de Caligula, avec des yeux d'argent; il paroît être un portrait de cet empereur au commencement de sa folie.

C'est une des antiques qui ont été déterrées lors de la première découverte d'Herculanum. Ce buste appartenoit au prince d'Elbœuf, et fut envoyé à M. Walpole, par M. Horace Mann.

10. *Muse*, en argent, assise.

11. *Petit buste de Caracalla*, en bronze.

12. *Buste de Tibère*, acheté de M. Jennens.

13. *Buste de Julia Domna.*

14. *Buste de Julie*, fille de Titus.

15. *Buste de Cicéron.*

16. *Groupe d'Harpocrates*, et de *Télesphore.*

17. *Statue d'Antinoüs*, de travail grec.

18. *Statue de Zénocrates.*

M. Walpole a aussi acheté toute la collection des petits bronzes antiques, des instrumens culinaires des Romains, des lampes, etc. qui avoit été formée par le docteur Conyers Middleton (1), auteur de la vie de Cicéron, pendant son séjour à Rome.

_____

(1) Une grande partie des objets de cette collection a été figurée dans le quatrième volume de la vie de Cicéron par Middleton. *London*, 4 vol. *in-4°. A. L. M.*

SECTION XI.

Collection des Statues et des Bustes du comte de Carlisle, au château d'Howard, dans le comté d'Yorck.

---

1. CUPIDON *bandant son arc.* Statue de quatre pieds de haut : la tête est cassée ; les jambes et les bras sont restaurés. C'est une répétition de celui de sir R. Worsley.

2. *Tête d'un Enfant* inconnu ; probablement un portrait. Le buste est moderne, et les cheveux sont minutieusement arrangés. Il paroît avoir été fait sous le règne de Philippe, l'empereur romain.

3. *Buste d'homme.* Il est entier, et ressemble à un buste de la collection de M. Lyde Brown, actuellement à Pétersbourg. La face et la draperie sont parfaitement polies ; mais les cheveux, la barbe et la frange de la draperie conservent encore les marques de l'outil. Dans la tessère de la plinthe il y a un Cupidon perçant un sanglier d'une lance.

4. *Buste de Domitius OEnobarbus.* Semblable à celui de la collection de Wilton-

House (1). Les cheveux et la barbe conservent
encore les traces de l'outil. La face et la draperie sont polies, mais imparfaites. La plinthe est
divisée en trois compartimens. Il est du style du
temps des Antonins.

5. *Buste d'Antonin-le-Pieux*. C'est probablement un portrait : il est très-bien fini. L'é-
paule droite et le nez sont restaurés.

6. Un *buste de Commode* dans sa jeunesse.
Il est entier ; la draperie est polie. Il a existé beaucoup de bustes de cet empereur ; ils ont été faits
par les meilleurs artistes du temps.

7. *Tête d'Agrippine*. Elle est entière, mais
on peut douter de son caractère. Les cheveux
sont disposés en plusieurs rangs de boucles dé-
tachés, et le buste est moderne.

8. *Tête de Bacchus Diphyès* (2), semblable
à celle appelée Ariane, au Musée du Capitole.
Elle est efféminée.

9. *Tête d'Atys* (3), avec le bonnet phrygien ;

_____

(1) Tome I, p. 296.

(2) Comment juger, d'après une tête, si Bacchus est
représenté *diphyès*, selon l'expression de l'auteur, c'est-
à-dire *hermaphrodite*? L'effémination convient à toutes
les têtes de Bacchus. *A. L. M.*

(3) L'Atys est dans le style de l'Apollon de M. Townley.
Atys est nommé *Cybeleius* par OVIDE, *Metam.* x, 104.

elle est très-mutilée et restaurée, mais d'excellente sculpture.

10. *Tête d'un Dioscure.* Le nez est réparé.

11. *Tête de Silène* ou de *Pan.* Elle approche par le style de celle du Vatican.

12. *Tête de Minerve.* Le casque ressemble à celui de Rome personnifiée. Sur le cimier est un serpent ailé ; sur les côtés il y a des amazones à cheval. La face est moderne.

13. *Grand masque de Bacchus barbu,* avec un nœud bouclé sur le front, des tresses, etc. etc.

14. *Tête d'Isis,* avec le diadème et une guirlande de fleurs de lotus.

15. *Tête d'un Romain,* grande nature; elle passe pour être celle de Junius Brutus.

16. *Figure d'Atys Diphyes* (1), en petit bronze.

Il étoit prêtre de Cybele, et fut aimé d'elle. Son histoire appartient à la mythologie, et peut se lire dans ARNOBE, l. v. *Adonis Atys* fut adoré par les Ægyptiens comme Osiris, et par les Assyriens sous le nom de *Thammuz.* MACROB., *Saturn.* I, 21. SELDEN, *de Diis Syriis Syntagm.,* 10. Il fut le premier Hiérophante, c'est-à-dire le premier prêtre qui enseigna les mystères. *D.*

(1) *Atys* est représenté avec l'air efféminé d'un eunuque, mais non d'un hermaphrodite ; ainsi ce surnom ne lui convient pas. Son identité avec *Adonis* n'est nullement démontrée. *A. L. M.*

3

17. *Figure de Némésis* ou *de Méduse* (1) en bronze. Elle est assise avec un air de mélancolie : une main supporte sa tête, et le coude est appuyé sur les genoux ; un serpent s'entortille autour de chaque bras ; elle a un serpent ailé sur la tête. Cette figure a été probablement attachée à un *Lectisternium* (2).

18. *Figure de Mars.* Bronze.

Plusieurs animaux en petit bronze.

Deux groupes d'un *Lion déchirant un taureau*, tels qu'on en rencontre fréquemment sur les sarcophages antiques, comme des symboles de la mort.

Un *Sarcophage* : on y voit un *génie*, dans le caractère d'Osiris, porté par d'autres. Le haut est une composition moderne dans laquelle on a incrusté un Silène endormi.

---

(1) Le buste de Méduse le plus célèbre est celui du palais Rondonini à Rome. *D.*

(2) Les *Lectisternes* étoient des festins des *Septemviri Epulones.* Les statues des dieux étoient posées sur de riches couches, appelées pareillement *lectisternia.* Ils étoient considérés comme les principaux hôtes du lieu. Caïus Cestius, pour qui on érigea la pyramide près de Rome, étoit un des Septemviri Epulones. *D.* — On pourra consulter encore mon *Dictionnaire des Beaux-Arts,* au mot *Lectisternium. A. L. M.*

Un *Sarcophage* long de trois pieds, sur lequel est *un génie avec une chèvre ;* il est de bonne sculpture, quoique plusieurs parties aient été restaurées.

———————

SECTION XII.

Collection de marbres faite par M. Charles Townley (1). *Statue d'Isis, Libera, Bacchus musicien, Bacchus jeune, Bacchus et Ampelus, groupe remarquable; Bacchus enfant, Silène, Thalie, Diane, Apollon, Cupidon endormi, Vénus, le Faune en repos, Marcus Cossutius, Hercule, un Faune et une Nymphe.— Bustes.—Homère, Périclès, Empereurs, etc. — Bas-reliefs, Inscriptions, Urnes, Cyste mystique, Patères, Pierres gravées, etc., etc.*

1. I<small>SIS</small> ou C<small>ÉRÈS</small>, grande comme nature. La main gauche tient un *thuribulum* (2); la tête est couronnée d'un diadème, sur lequel, entre deux

---

(1) Cette collection est la plus précieuse qu'il y ait à Londres. M. Charles Townley étoit un véritable connoisseur. Il a fait graver, seulement pour ses amis, plusieurs pièces de son cabinet, et il a eu la bonté de me donner une suite de ces intéressantes gravures. J'indiquerai les morceaux que je sais avoir été gravés à mesure que M. Dallaway en donnera la description. Depuis la mort du respectable propriétaire de cette collection, elle a été achetée pour le Musée Britannique, auquel on ajoute actuellement une salle pour la recevoir. *A. L. M.*

(2) Un coffre à encens : alors ce seroit une prêtresse ; il paroît que l'attribut n'est pas bien déterminé. *A. L. M.*

serpens qui se dressent, est placé un disque d'où sortent des épis de blé. C'est ainsi qu'APULÉE décrit cette déesse. Cette statue étoit autrefois dans le palais Maccarani à Rome.

2. *Petite statue d'Isis* ou *d'une Muse*, assise sur un rocher, et jouant du *barbiton* (1). Elle étoit autrefois dans le palais Barberini.

3. *Statue*, grande comme nature, de *Libera* ou *Bacchus femme* (2), accompagnée, comme ce dieu, de la panthère; elle porte le thyrse sur ses épaules, et elle a une couronne de lierre sur la tête. Sa draperie est une longue tunique sur laquelle pend une courte veste (3), un peu au-dessous de la ceinture; elle est liée avec une bandelette qui passe sur l'épaule droite

---

(1) Espèce de lyre. *A. L. M.*

(2) Ἄῤῥενα καὶ θῆλον, διφυῆ λύσειον Ἴακχον.

ORPH., *Hymn.* XLI, 4. *D.*

Ce vers parle de Bacchus hermaphrodite selon la mythologie des Orphiques; mais il n'est question dans aucun auteur de *Bacchus femme*, et je ne connois point de monument qui le représente ainsi. Cette figure doit être celle de *Libera* ou *Ariadne. A. L. M.*

(3) Probablement un *peplum*. *Voy.* ce mot dans mon *Dictionnaire des Beaux-Arts. A. L. M.*

et entre les seins. Elle a été trouvée à Rome en 1774.

4. Une *Isis* de six pieds six pouces de haut, figurée avec le noble caractère de la mère de tout ce qui respire, ayant sur la tête la corbeille mystique formée de la fleur du *lotus*, qui étoit le symbole primitif des moyens passifs de la génération, personnifiée sous la dénomination de cette déesse. Les autres ornemens de cette figure, tels que la guirlande, les boucles d'oreilles, etc., sont tous composés d'attributs mystiques. La main droite est moderne ; mais il n'y a pas de doute que celle qui étoit originale ne tînt à la main une fleur de *lotus*, de la même manière qu'elle est représentée si fréquemment sur les médailles et les pierres gravées, etc. Cette statue a été trouvée à environ deux milles au-delà du tombeau de *Cæcilia Métella*, près de la voie Appienne, sous le pontificat de Sixte V, qui la plaça dans son palais, appelé la *Villa Montalto* : elle a été ajoutée, en 1786, à la collection que je décris.

5. *Pan ou Bacchus musicien, en forme d'Hermès.* Il est composé d'une base quarrée ; et la tête, qui est ombragée d'une ample barbe, est posée dessus. Cet Hermès a des mains qui tiennent une flûte d'une forme particulière. Les

lèvres expriment l'action de souffler fortement.
Cet Hermès élégant a environ quatre pieds de
haut; il est habillé d'un vêtement indien, et la
tête est ornée d'un diadême attaché par uu
cordon. Il a été trouvé en 1779, dans la *villa
d'Antoninus-Pius*, près de *Civita Lavinia*, l'ancien Lanuvium.

6. *Bacchus* (1), de l'âge et de la taille d'un
enfant de trois pieds de haut. La tête est couronnée d'une guirlande de lierre, et le corps est
agréablement vêtu d'une peau de chèvre, dont
les pieds forment un nœud au-dessous de la
poitrine. Il a été trouvé de même dans la *villa
d'Antoninus-Pius*, en 1775.

7. Un *Jeune Bacchus*, grand comme nature.
Il est nud, à l'exception de la peau d'un lion
qui couvre une partie des deux épaules, ainsi
que la poitrine; les pieds sont chaussés de sandales. Le bras gauche tient embrassée une figure
efféminée, ou Androgyne, d'*Ampelus*, dont
la partie supérieure a la forme d'un jeune
génie; des feuilles de vigne sortent de ses joues

---

(1) . . . . . . Tibi, cum sine cornibus adstas,
   Virgineum caput est.

                    OVID. *Metam.* IV, 20. *D.*

et de son corps, qui perd graduellement sa forme
humaine, et se termine en un cep de vigne. Un
lézard, est à la racine, ainsi qu'une panthère
avec un collier de lierre autour du col; elle mord
une grappe de raisin. Ce groupe mythologique
fut trouvé en 1772, près de *la Storta*, première
poste de Rome sur la route de Florence.

8. *Statue d'un vieux Faune ivre*, ou *Silène*,
presque étendu sur son dos, dans une attitude
pareille à celle du faune gravé dans le second
volume des bronzes d'Herculanum, page 161.
La tête étoit originairement entourée d'une
guirlande de métal, comme il paroît par les
trous dans lesquels elle étoit fixée (1). Cette statue est grande comme nature : le bras droit et
les deux pieds sont de restauration moderne.

9. *Libera* ou *Ariadne*. Elle a six pieds de haut,
et elle est nue jusqu'à la ceinture ; la partie inférieure du corps est drapée. Elle a été trouvée
en 1775, dans les ruines des bains maritimes
bâtis par l'empereur Claude à Ostie.

---

(1) Mon savant confrère, M. *Quatremère de Quinci*,
a lu à l'Institut une très-belle Dissertation sur les statues
de plusieurs matières : il appelle ce genre de sculpture *po-
lychrôme*. Il est à desirer que cet intéressant ouvrage
soit bientôt publié. *A L. M.*

10. *Adonis* (1) dans le caractère efféminé d'un jeune homme, couché et endormi sur un roc; sa tête est coiffée d'un *pétase* lié avec un cordon sous le menton. Sa *chlamys* est attachée sur l'épaule avec une agrafe; elle couvre une partie du corps. Sa chaussure est liée avec des courroies jusqu'au milieu de la jambe. Cette statue a été trouvée à Rome en 1774.

11. *Thalie*, muse pastorale, richement drapée, avec la tunique, et un vêtement extérieur point serré, mais d'un tissu si fin, que les formes du corps et des membres, quoique couvertes, sont très-apparentes. La tête est ceinte d'une guirlande de lierre, attribut ordinaire de cette muse; dans sa main droite est le *pedum*, ou bâton pastoral. Cette statue fut trouvée en 1776, dans les ruines des bains maritimes de Claude à Ostie, à côté de la statue de Libera (n°. 9.); elle a cinq pieds dix pouces de haut.

12. *Diane*, grande comme nature, dans l'action de lancer un javelot, ou tenant une torche. On ne sauroit décider lequel de ces deux attributs appartient à cette statue, la plus grande partie du bras ayant été restaurée. Il est

(1) Lucian., *Dial. Deorum*, t. I, pag. 232; *Mus. Capit.*, t. IV, p. 249. *D.*

cependant probable que c'est le dernier, d'après la manière dont les cheveux sont liés sur le haut de la tête, en imitation de la flamme, et selon la représentation ordinaire de Diane Lucifère sur les médailles et sur d'autres monumens. Cette statue fut trouvée en 1772, près la Storta, comme le n°. 7 (1).

13. *Statue d'un Discobole* courbé en avant, dans l'action de lancer le disque. L'original étoit en bronze, et l'ouvrage de Myron. Cette excellente statue fut trouvée en 1791, dans une partie de la *villa* d'Hadrien, près de Tivoli, qui appartient actuellement à la famille Marefoschi (2).

14. *Portrait de jeune homme* dans la forme d'un Hermes, auquel on a ajouté des épaules humaines. Cette statue avoit été dédiée à Mercure,

---

(1) LUCIAN., *Philopseudes.* QUINTILIAN., *de Inst. Orat.,* liv. XII, c. 14. PLINE, liv. XXXIV. *D.*

(2) Il y a un grand nombre de répétitions de ce beau monument, une entre autres au Musée Napoléon, N°. 121. On peut lire, dans mon *Dictionnaire des Beaux-Arts* l'article *Discobole,* et sur-tout le Traité de M. CANCELLIERI, intitulé: *Dissert. soprà la statua del Discobolo scoperta nella villa Palombara,* Rom., 1806, *in*-8°., dans lequel il a recueilli tout ce qui a été dit sur les diverses répétitions du Discobole de Myron. *A. L. M.*

ou placée sous sa protection , comme il paroît
par les attributs de cette divinité qui l'accompa-
gnent. Elle a près de cinq pieds de haut, et a été
trouvée près de Frascati en 1770.

15. *Apollon* en bronze. La chlamys est attachée sur l'épaule gauche par une agrafe en
forme de croissant; elle pend sur le bras et
tombe jusqu'aux pieds. Cette statue a deux
pieds quatre pouces de haut ; elle a été achetée à Paris à la vente de M. l'Allemand de
Choiseuil en 1774. Elle est gravée, mais très-
mal, dans les Antiquités du comte de Caylus (1).

16. *Cupidon* couché , endormi sur la peau
d'un lion; la massue et les autres attributs d'Hercule sont placés devant lui ; son arc, son carquois et ses flèches sont derrière. Un lézard est
à ses pieds et un autre sort de dessous la peau
du lion. La plinthe a trois pieds de long. Ce morceau appartenoit autrefois au cardinal Alexandre Albani ; il a passé ensuite à M. Beaumont.
Cupidon avec un lézard se trouve dans la collection d'Arundel (2), ainsi que dans plusieurs
autres en Angleterre.

_____

(1) Vol. II , pl. lxxvii , fig. 1. *D*.

(2) C'est plutôt une image du Sommeil. *Voy*. ci-dessus , t. I , p. 284 , note 2. *A. L. M.*

17. *Petite statue de Cupidon* bandant son arc; une peau de lion pend sur le carquois qui lui sert comme de support. Elle fut trouvée par M. Gavin Hamilton dans une grande amphore, à Castel-Guido, l'ancien *Laurium*, où mourut Antoninus-Pius, et où Galeria Faustina, sa femme, avoit une *villa*. Callistrate donne la description d'une statue en bronze exactement dans cette attitude; selon lui c'étoit un bel ouvrage de Praxitèles, qui vivoit au temps d'Alexandre-le-Grand. Pausanias ne fait mention que d'une copie d'un Cupidon de Praxitèles par Ménodorus. M. Wortsley en possède une répétition à Appuldurcombe; il y en a une autre à Wilton; mais ni l'un ni l'autre de ces Cupidons n'ont la peau de lion jetée sur le tronc d'un arbre. La quantité de répétitions antiques qui ont été découvertes, dont treize existent encore, peuvent nous donner la certitude que ce sont des copies de ce fameux chef-d'œuvre (1).

18. *Torse* d'une petite statue de *Vénus*, achetée à Rome du sculpteur Cavaceppi.

_____

(1) Il y auroit des observations à faire sur cet article. Ce Cupidon paroît être une des nombreuses répétitions de celui de Lysippe. *A. L. M.*

19. *Statue* de quatre pieds de haut (1) ; il lui manque la plus grande partie des deux bras. C'est une *Vénus*, ou plus proprement, la déesse *Isis* sous la dénomination d'*Angerona* , qui est représentée sur les anciens monumens avec le doigt de la main droite appliqué sur la bouche : c'étoit probablement l'action de cette figure, à en juger par un petit point de marbre qui est resté sur le menton. Isis est ainsi représentée dans (2) un état de silence ou d'inaction.

20. *Faune* d'environ quatre pieds de haut, tenant une *syrinx* (3) dans la main droite et le *pedum* (4) dans la main gauche. Il étoit originairement dans le palais Maccarani à Rome. Les restaurations sont d'Algardi.

21 et 22. *Deux Statues* d'environ quatre pieds de haut, trouvées en 1775 par M. Gavin

---

(1) L. APPULEIUS, *Metam.* l. 10. *D.*

(2) *Angerona*, ou piutôt *Angeronia*, déesse du silence, étoit une divinité particulière aux Romains: elle n'a aucun rapport avec Isis. *A. L. M.*

(3) Flûte à sept tuyaux. *A. L. M.*

(4)   At tu sume pedum.
            VIRG. *Ecl.* v̇ , v. 88. *D.*

C'est un bâton recourbé qui servoit aux chevriers et aux bergers. *A. L. M.*

Hamilton, dans les ruines de la *villa* d'Antoninus-Pius, située près de *Civita Lavinia*, l'an-
c.en *Lanuvium*. Ce sont des répétitions antiques
d'une statue en bronze décrite par Pline et Pausanias, comme un des ouvrages de Praxitèles
les plus admirés. Cette statue étoit placée à
Athènes, dans la rue des Trépieds, et connue
sous le nom de ΠΕΡΙΒΟΗΤΟΣ (c'est-à-dire,
Præclarus, le renommé). Ce grand sculpteur
avoit ingénieusement réuni dans cette figure
deux caractères mythologiques très-différens,
celui de Bacchus, dont la forme dans la jeunesse est agréable et efféminée, et celui d'un
satyre. Au premier aspect, ces statues donnent
l'idée d'un jeune Bacchus dans une attitude douce
et noble, ayant la tête légèrement inclinée en
avant; mais bientôt après l'on aperçoit le caractère du satyre par les cornes, les oreilles
pointues et le velu de la chèvre. Le corps participe aussi de la vigueur et de la sécheresse des
muscles de cet animal. Ces statues sont en outre
remarquables, en ce qu'elles ont, sur leurs
supports, les noms des artistes gravés en anciennes lettres grecques (2).

(1) *Voy.* mon *Dictionnaire des Beaux-Arts*, au
mot *Périboetos. A. L. M.*

(2) Sur une de ces statues est l'inscription suivante, en

23. *Figure de Diane* se reposant. Petite nature, draperie retroussée. Elle se repose sur sa

---

partie effacée par les marques d'une *main de fer*, qui peut avoir servi pour une ancienne réparation, ce qui montre combien cette statue étoit estimée:

ΜΑΡΚΟΣ

ΚΟΣΣΟΥ

ΤΙΟΣ

ΚΕΡΔΩΝ

ΕΠΟΙΕΙ.

Et sur l'autre est écrit :

ΜΑΑΡΚΟΣ

ΚΟΣΣΟΥ

ΤΙΟΣ

ΜΑΑΡΚΟΥ

ΑΠΕΛΕΥ

ΘΕΡΟΣ

ΚΕΡΔΩΝ

ΕΠΟΙΕΙ.

Les noms de *Marcus Cossutius Cerdo*, sont romains quoiqu'écrits en caractères grecs, parce que la langue grecque étoit très en usage à Rome sous les Antonins. Comme l'artiste mentionné dans la seconde inscription prend le même nom, et ajoute qu'il étoit affranchi de Marcus, il est probable qu'il fut aussi son pupille. Vitruve, dans la préface de son septième livre, observe qu'un citoyen romain, nommé *Cossutius*, bâtit le temple de Jupiter Olympien, d'ordre corinthien. Mais ce qui donne le plus d'intérêt à ces inscriptions, c'est qu'avant leur décou-

main gauche et elle avance la main droite. Sur la plinthe est son arc avec des têtes de griffons

---

verte, en 1775, il n'existoit qu'un exemple du mot ΕΠΟΙΕΙ, joint au nom d'un artiste, sur une statue qu'on a décidé être une copie : c'est la *Vénus Cornuaglia*, faite, comme le dit l'inscription, d'après une Vénus de Troas par Ménophantes. Il y a ici trois preuves certaines que l'expression ΕΠΟΙΕΙ étoit employée par les anciens copistes des statues célèbres. La signification stricte de ce mot est *a travaillé à cela*, et dans ces exemples il ne peut être pris dans le sens d'*invenit* (a inventé). Cependant tous les artistes dont les noms se sont trouvés sur les ouvrages des arts ont employé uniformément le même terme ΕΠΟΙΕΙ, quoiqu'aucun d'eux ne soit cité dans le nombre des sculpteurs célèbres dans la Grèce nommés par Pline, ou par les anciens auteurs qui en ont parlé. On ne rencontre pas même aucune trace qui puisse faire présumer les auteurs de l'Apollon, de la Vénus et du Mercure du Musée Napoléon ; mais l'excellence de ces statues démontre assez que ce sont des originaux des plus grands maîtres. La statue communément appelée le *Gladiateur mourant*, tient son rang pour le mérite avec celles mentionnées ci-dessus. Cependant il est probable que c'est la copie d'une statue de bronze de Ctesilaüs, représentant un homme blessé et sur le point d'expirer, dans lequel, selon Pline, on peut apercevoir combien de momens il lui reste encore à vivre : *Vulneratum deficientem, in quo possit intelligi quantum restet animæ. D.*

Il y auroit bien des observations à faire sur cette note ;

aux deux bouts. Cette figure fut achetée, avec une autre semblable, par le comte de Walmo-

---

mais elle l'alongeroit trop considérablement : il suffira de dire que le mot ΕΠΟΙΕΙ signifie précisément *faciebat* (faisoit), qu'on croit que les anciens l'employoient par modestie, pour dire qu'ils ne regardoient pas leur ouvrage comme terminé, c'est pourquoi on lit plus rarement ΕΠΟΙΗΣΕ et quelquefois ΕΠΟΙΕΣΕ, *fecit* (a fait). Si cette formule ΕΠΟΙΕΙ étoit rare sur les statues qui avoient été découvertes avant 1775, l'antiquité nous en fournit cependant de nombreux exemples cités par Pline et d'autres auteurs. Ce mot se lit souvent sur les vases grecs et sur les pierres gravées. *Voyez* mes *Monumens antiques inédits*, t. II, p. 36, et mon *Dictionnaire des Beaux-Arts*, aux mots *Statues, Epoiei :* j'y ai rassemblé tout ce que j'ai pu recueillir sur ce sujet.

Quant au prétendu Gladiateur mourant, ce n'est pas, ainsi que M. Dallaway le prétend, une copie de la statue de Ctésilaüs. *Voy.* ci-dessus, t. I, page 248, note 2.

Les deux inscriptions rapportées par M. Dallaway sont très-intéressantes, parce qu'elles font connoître un nouveau sculpteur, *Marcus - Cossutius Cerdo*, qui étoit affranchi de Marcus-Cossutius dont il avoit pris les noms selon l'usage ; mais rien ne prouve qu'il fut aussi le pupille de ce Marcus, ainsi que le veut M. Dallaway.

Je ne pense pas non plus qu'on doive mettre cet artiste parmi les sculpteurs romains. Son nom *Cerdo*, dérivé de κέρδοσ, est grec (il signifie *gain*) ; c'est parce que cet artiste étoit grec qu'il a tracé cette inscription dans sa langue maternelle. *A. L. M.*

II.   4

den. Elles ont été trouvées en 1766 dans la *villa Verospi*, où étoient les magnifiques jardins de Salluste, près du cirque de Flore et de la porte *Salarienne*. Il est probable que ces statues faisoient partie des décorations de la fontaine dont on a découvert des traces, et d'où on a extrait de riches marbres et des mosaïques. Il y a deux autres répétitions de ces figures, une dans le palais Borghèse, l'autre dans le palais Colonna.

24. *Petite Statue d'Hercule*, dans un âge avancé. Il est assis sur un roc, couvert de la peau du lion. Il y a plusieurs répétitions de cette composition, dont le torse du Vatican paroît avoir été l'original (1). Le bras droit, qui tient des pommes au lieu d'une patère, a été restauré.

25. *Statue d'Hercule* en bronze. Il vient d'enlever les pommes du jardin des Hespérides. Derrière lui est l'arbre sur lequel pend le serpent ou dragon qu'il a tué. Cette statue, de deux pieds six pouces de haut, fut trouvée à Gebeleh, petite ville moderne près du site de l'ancienne Byblos, sur la côte de Syrie. Elle fut envoyée en Angleterre par feu le doc-

---

(1) Le torse du Vatican, aujourd'hui au Musée Napoléon, n°. 107, n'annonce pas un âge avancé. *A. L. M.*

teur Swinney, chapelain de l'ambassade à Constantinople en 1779, où il l'acheta d'un marchand
grec qui l'avoit récemment découverte.

26. *Figure d'un jeune homme* assis à terre,
avec une jambe pliee sous lui et l'autre étendue
en avant. Il tient avec ses deux mains le fragment d'un bras qu'il mord, et qui est une partie d'une autre figure composant originairement
un groupe de deux jeunes gens qui semblent
avoir pris querelle au jeu des osselets, comme
il paroît par un des osselets qui reste dans la
main du bras cassé. Le corps est couvert en
partie par un vêtement fait de la peau de quelque
animal. Ce groupe fut trouvé dans les bains de
Titus à Rome, sous le pontificat d'Urbain VIII,
et fut placé par son neveu, le cardinal Francesco Barberini, dans le palais Barberini, d'où il
passa, en 1768, dans la collection de M. Townley (1). Les *Astragalizontes* de Polyclète sont

___

(1) M. Townley l'a fait graver sous le nom d'*Hercules
Alastor*: c'est la planche XXI de la collection qu'il a eu la
bonté de m'envoyer. J'observerai que ce surnom d'*Alastor* a été donné chez les anciens à Jupiter qui punit les
méchans, à un génie malfaisant, au fils de Nélée, à un
guerrier Lycien, et à un des chevaux de Pluton, mais
je ne connois aucun auteur qui l'ait attribué à Hercule.
A. L. M.

cités par Pline comme un groupe de bronze qui étoit dans le palais de Titus, près de l'amphithéâtre Flavien (1). Le sujet de ce groupe s'accorde si exactement avec celui-ci, qu'il est probable qu'il en est une répétition ; c'est aussi ce que conjecture Winckelmann (2).

27. *Groupe d'un Faune et d'une Nymphe*, de petites proportions, trouvé en 1772 par Domenico de Angelis, dans la *Pianura di Cassio*, près de Tivoli, avec plusieurs autres monumens précieux, actuellement placés dans le Vatican, et que M. Visconti a décrits (3).

28. *Groupe d'un chien et d'une chienne* jouant, d'environ deux pieds. Il fut trouvé avec un autre semblable qui est au Vatican, en 1774, par M. Gavin Hamilton, à *Monte cagnuolo*, dans l'enceinte de la *villa* d'Antoninus-Pius à *Lanuvium*.

---

(1) PLIN., XXXIV, 8. *D.* — Ce groupe a quelque rapport avec celui de Vienne, que j'ai décrit et figuré dans mon *Voyage dans les départemens du Midi de la France*, tom. II, p. 55, pl. XXVII, n°. 4. Ceux-ci se disputent et se mordent non pour des osselets, mais pour un oiseau. *A. L. M.*

(2) *Monum. Inediti*, t. II, p. 196.

(3) *Mus. Pio-Clem.*, tom. I, p. 13.

29. *Hermès de Bacchus* avec la barbe, dans le caractère de Priape. La totalité de la base, ainsi que la tête, sont entières et d'ancienne sculpture grecque. Il a été trouvé près de Baies en 1771. Il a six pieds de haut, et fut apporté en Angleterre par feu le docteur Adair.

30. *Tête de Junon*, plus grande que nature, couronnée d'un *tutulus* ou diadème dentelé, particulier au sacerdoce: apportée de Rome en 1774.

31. *Tête colossale de Minerve*, envoyée de Rome en 1787. Les anciens yeux avoient été faits d'une matière différente pour imiter la prunelle naturelle: il ne reste actuellement que les orbites ainsi que les bords du casque; il étoit de l'espèce de ceux qu'on remarque aux têtes de Minerve sur les plus anciennes médailles d'Athènes (1).

32. *Tête d'Apollon Philesius* (2), appartenant

---

(1) Il est probable que cette tête a quelque rapport avec celle du Musée Napoléon, n°. 8, que j'ai fait graver dans mes *Monumens antiques inédits*, t. II, pl. XXIV, p. 196. *A. L. M.*

(2) *Philesius*, c'est-à-dire *aimable*, étoit un des surnoms d'Apollon; mais on ne peut pas dire qu'il ait eu des monumens sous ce nom, et avec un idéal particulier. *A. L. M.*

anciennement à une statue d'Apollon, pareille
à celle gravée dans le *Mus. Capitol.* tom. III,
pl. xiii (1). Cette tête a été obtenue du cardinal
Alexandre Albani en 1773 ; il l'avoit détachée
d'un buste de Bacchus, où elle avoit été im-
proprement placée. Ce buste étoit dans sa
villa (2).

33. *Tête de Messaline*, femme de l'empereur Claude (3). Une tête pareille à celle-ci, et
la seule en marbre qui soit connue de cette impératrice, est gravée dans le *Mus. Capitol.*,
tom. II. pl. xiv (4). Elle fut trouvée dans la *villa
Casali*, sur le mont Esquilin, en 1775.

---

(1) D'après cela on voit que cet Apollon avoit la main
sur la tête ; mais cette attitude convient à tous les Apol-
lons en repos, et n'est pas particulière à l'Apollon nommé
Philesius par M. Dallaway. Cet Apollon est aujourd'hui
dans le Musée Napoléon, n°. 158. *A. L. M.*

(2) Winckelmann, *Mon. ined.* tratt. prelim. p. 52. *D.*

(3) Tacit., lib., ii. Juven., *Sat.* vi. Sueton., *in
Claud. D.*

(4) On ne sauroit assurer positivement que ce buste du
Musée Capitolin représente Messaline, car il n'a point
une exacte ressemblance, ni pour les traits ni pour la
coiffure, avec les médailles avérées de cette impératrice.
D'après cela on ne sauroit la reconnoître non plus positivement dans le buste de M. Townley. *A. L. M.*

3́4. *Tête d'Aratus le Cilicien* ou *l'astronome* (1). Elle fut trouvée en 1770 à Muræna ,
parmi les ruines d'une *villa* qui appartenoit à
Sulpitius Varro Muræna, dont la bibliothèque
a été célèbre , et qui étoit le collègue d'Auguste
dans son consulat. Il y a des têtes semblables
dans le musée du Capitole , et dans la collection de M. R. P. Knight. Elles sont toutes dans
le meilleur style de la sculpture grecque du
temps où vivoit Aratus (2).

---

(1) Aratus étoit né à Soli en Cilicie , et passa la plus
grande partie de sa vie à la cour d'Antigonus Gonatas ,
qui régnoit en Syrie , environ vers la cent vingt-sixième
olympiade. Son poëme , appelé les *Phénomènes ,* fut
commenté par Thalès , Zénon , Callimaque , Callistrate ,
Cratès et Théon ; il a été traduit par Cicéron et Germanicus. Euseb. , *in Chron.;* Suidas et Vossius, *de Hist.
græc. D.*

(2) Il n'est nullement démontré qu'une des deux têtes
qu'on voit sur une médaille de Pompéiopolis , en Cilicie ,
soit celle du poète astronome Aratus. Le savant Eckhel n'a
point adopté cette conjecture , et M. Buhle l'a regardée
comme si frivole , qu'il a dédaigné d'orner de ce prétendu
portrait la belle édition des *Phænomena* qu'il a publiée
en 1798. C'est pourtant d'après une conformité présu-
mée avec la tête de cette médaille , gravée par Morell
dans son *Specimen ,* page 240 , et aussi dans le recueil

35. *Hermès d'Homère*, dans le plus jeune des deux caractères des têtes qui ont été trouvées, et qu'on suppose devoir représenter le père de la poésie, parce qu'elles ressemblent aux têtes accompagnées de son nom qu'on voit sur les médailles d'Amastris et des autres villes dont les habitans réclamoient l'honneur d'avoir Homère pour leur concitoyen (1). Cet Hermès étoit avec la tête, n°. 34.

d'HUNTER, pl. XLIII, n°. 23, qu'on a voulu déterminer les deux bustes du Musée Capitolin, I, 42, 43, qui même n'ont avec l'image de la médaille qu'un léger rapport. Le buste de M. Townley ne portant pas d'autre indication est encore un portrait inconnu, et ne peut pas être regardé comme celui du poète de Soli. *A. L. M.*

(1) Ce n'est pas à cause de leur conformité avec ces médailles qu'on a donné à plusieurs bustes le nom d'Homère, car les têtes sur ces médailles sont si petites qu'on n'y pourroit distinguer aucun trait caractéristique ; mais les répétitions de plusieurs têtes de vieillards, ceintes d'un diadème, signe de l'apothéose, et avec le caractère de la cécité, ont dû faire penser, avec une probabilité qui approche de l'évidence, qu'elles offrent l'image idéale sous laquelle on étoit convenu de représenter Homère : tel est le buste du Musée Napoléon, n°. 199. Celui de M. Townley est un des plus beaux ; il est gravé au n°. 26, dans la collection des planches qu'il m'a adressées ; il orne aussi sa carte de visite qui sert de vignette à cette

36. *Tête de Julia Sabina*, fille de *Matidie*, dont la mère étoit *Marciane*, sœur de Trajan. Sabine fut mariée à Hadrien l'an 100 de notre ère, seize ans avant qu'il fut déclaré empereur. Elle mourut empoisonnée, comme on le suppose, en 138. La manière difficile et soignée dont les cheveux sont arrangés, étoit à la mode sous ces deux empereurs : elle est exactement répétée dans les nombreuses médailles de cette impératrice.

37. *Tête d'Apollon Musagète*, ou chef des Muses. Le caractère de la figure et des cheveux est celui d'une Muse (1). Cette tête appartenoit à une statue d'Apollon semblable à celle qui est gravée dans le *Mus. Capitol.*, t. III, pl. xv (2). Elle fut apportée en Angleterre par feu M. Lyde Browne.

38. *Tête de Minerve*, trouvée en 1784 dans

---

collection : il décore le frontispice du poëme intitulé *Homère*, de M. *Louis* LEMERCIER, à qui je l'avois communiqué pour le faire reproduire. *A. L. M.*

(1) Talis erat cultus : facies, quam dicere vere
Virgineam in puero, puerilem in virgine posses.
OVID., *Met.* VIII. 322.

(2) Rien ne désigne dans l'Apollon du Capitole, cité ici, le conducteur des Muses. *A. L. M.*

la *villa Casali*, parmi des ruines qu'on sup-
posé avoit fait partie des bains d'Olympiodore.
Les yeux étoient faits avec des onyx, ou avec
une matière vitrifiée, pour imiter la nature de
la prunelle. Le casque et la poitrine ont été restaurés en bronze par Albacini, d'après un buste
antique de Minerve, gravé dans le sixième volume du Musée du Vatican.

39. *Tête d'Amazone*, dans le style de l'ancienne sculpture grecque. Elle appartenoit à
une statue pareille à celle qui est gravée dans le
Musée Capitolin, tom. II, pl. xlvi, et à celle
qui étoit d'abord dans la collection Mattei, et
qu'on voit actuellement au Musée Napoléon (1).
Cette tête fut apportée de Rome par M. Lyde
Browne.

40. *Tête d'une statue d'un Dioscure*, caractère fréquemment répété; trouvée près de
Rome par M. Gavin Hamilton.

41. *Tête d'Isis*, dans un style de sculpture
très-ancien; elle se termine en hermès. Elle fut
trouvée par M. Gavin Hamilton dans le *Pantanello*, faisant partie de la *villa* d'Hadrien,
près de Tivoli.

42. *Tête de Diane*. Les cheveux des côtés

---

(1) Nº. 112; *Mus. Pio-Clem.*, II, pl. xxxviii. *A. L. M.*

sont rassemblés par un nœud sur le haut de la tête, et sur le derrière ils sont en forme de flammes, comme un symbole de virginité (1).

43. *Tête d'Atys*, avec le bonnet mystique en cône, ou phrygien (2). Elle fut trouvée près de Rome (3).

44. *Tête* portant un casque, terminée en hermès, avec le nom de Périclès ainsi gravé dessus : ΠΕΡΙΚΛΗΣ. Le portrait de ce grand guerrier-législateur étoit encore inconnu jusqu'en 1780. Cet hermès, avec un autre semblable, mais d'une sculpture moins ancienne, quoique d'un style plus fini, furent alors découverts à *la Pianura di Cassio.*, *Mus. Pio-Clem.* tom. I., p. 13; et tom. VI, p. 43. Celui-ci est gravé dans les Lettres athéniennes de lord Hardwicke (4).

---

(1) . . . . Viden', ut faces
    Splendidas quatiunt comas ?
                CATULL., LXI, 77. *D.*

Nous avons vu que toutes les têtes de Diane sont ainsi coiffées; mais il n'y a rien là qui représente les flammes. *A. L. M.*

(2) C'est le bonnet phrygien commun aux images d'Atys, de Pâris, de Ganymède, etc. *A. L. M.*

(3) DIODOR. SIC., lib. IV; CATULL., OVID. *Met.* x, 104. *D.*

(4) Ce buste magnifique et intéressant est aussi gravé

45. *Hermès d'Homère*, représenté dans un âge plus avancé et dans un caractère plus animé et plus sublime que celui dont nous avons déjà parlé (1). Il fut trouvé en 1780, parmi les ruines de l'ancienne Baie.

46. *Tête de Jupiter*. Ce morceau exquis est du temps et dans le style de Praxitèles, à l'époque où la grace et la douceur d'expression étoient réunies à la vérité de caractère (2).

47. *Tête*, plus grande que nature, regardant en l'air avec une grande agitation. Elle fut trouvée, par M. Gavin Hamilton, dans la partie de la *villa* d'Hadrien, près de Tivoli, qu'on appelle actuellement le *Pantanello*, avec plusieurs pièces de la statue ou du groupe à qui cette tête appartenoit. Une répétition ou une copie de la même tête, mais d'un style de sculpture inférieur, a été trouvée près du même endroit, et placée au Musée du Vatican.

48. *Tête*, qui étoit autrefois dans la *villa* Mon-

---

dans le billet de visite de M. Townley. *Voy. Suprà*, p. 56. *A. L. M.*

(1) *Voy. Suprà*, p. 56. *A. L. M.*

(2) . . . . Hominum sator atque deorum
   Voltu, quo cœlum tempestatesque serenat.
                              Virg., *Æneid.*, I, 255. *D.*

taïti à Rome. Elle est coiffée de ce qu'on appelle le *bonnet phrygien*. Le menton et une grande partie des joues sont enveloppés dans une draperie, et le caractère de la figure participe de la beauté et de la jeunesse de l'un et de l'autre sexe. Cette circonstance indique que c'est une tête de Bacchus avec ses attributs des deux sexes, et sous la dénomination d'*Adonis aux Enfers*. Le chaperon ou voile placé par les anciens sur les figures mystiques, faisoit toujours allusion aux enfers, ou à l'état inactif de l'esprit animé(1).

49. *Tête* considérablement plus grande que nature, avec les cheveux épars, et la lèvre supérieure non rasée. Elle a été trouvée à Rome dans le *forum* de Trajan. On présume que c'est un portrait de Décébalus, chef des Daces, qui fut vaincu par Trajan. Décébalus attaqua d'a-

---

(1) Βάκχοσ ἐνὶ ζωοῖσιν, ἐνὶ φθιμένοισ Ἀιδωνεῦ.

Bacchus inter vivos, inter mortuos Aidoneus.

AUSON., *Epigr.* 28.

PLUTARCH., *Symp.* IV, p. 511. MACROB., liv. III, c. 8, *Clemens Alexandrin.* D.

Ce prétendu bonnet mystique n'est autre chose que le bonnet phrygien, qui reçoit le nom de *mitre phrygienne* lorsqu'il est accompagné de deux pentes nommées *redimicula mitræ.* C'est probablement une image de Pâris. *A. L. M.*

bord les Romains en l'an 90 de notre ère, et fut totalement défait vers l'an 102. Il avoit alors trente-huit ans : c'est l'âge exprimé dans cette tête (1).

50. *Tête d'une Bacchante*, couronnée d'un large diadème ; les cheveux sont singulièrement disposés en larges masses devant et derrière. Elle fut trouvée en 1776, dans la *villa* du chevalier de Giraud, près de la porte de *San Pancrazio* à Rome.

51. *Tête*, beaucoup plus grande que nature, *d'Antinoüs* déifié, dans le caractère de Bacchus couronné de lierre. Cette tête, avec plusieurs parties de la statue qui lui appartenoit, furent trouvées, en 1770, dans le terrein appelé *la*

---

(1) Dion Cassius fait la description de la rage et du désespoir que Décébalus éprouva lors de sa soumission, ce qui est fortement exprimé dans la physionomie de cette tête, et se rapporte parfaitement avec la description que Milton donne de l'ange déchu :

. . . . And care
Sat on his faded cheek, but under brows
Of dauntless courage and considerate pride
Waiting revenge. . . . . . *D.*

Tout ce que dit là M. Dallaway ne fournit aucune preuve que ce buste soit celui de Décébalus, puisqu'on ne possède pas de portrait authentique avec lequel on puisse le comparer. *A. L. M.*

tenuta della tedesca, près la *villa Pamphili*. Elles étoient en petits morceaux ; et on s'en étoit servi, dans les temps barbares, pour bâtir un mur.

52. *Tête d'Hercule*, jeune et plus grand que nature, autrefois dans le palais Barberini. Les têtes d'Hercule, sur les médailles d'or de Philippe, père d'Alexandre, ressemblent exactement à celle-ci : on y remarque même les petits cheveux qui sont entre l'oreille et les joues.

53. *Tête de Caracalla*, placée sur un buste moderne. Elle fut trouvée en 1776 dans le jardin des *monache delle quatro fontane*, sur le mont Quirinal, à vingt palmes romaines au-dessous de la surface du sol.

54. *Tête colossale d'Hercule*, dans un style de sculpture très-ancien, la manière grossière avec laquelle il est travaillé ayant été abandonnée vers la 70e olympiade, à-peu-près cinq cents ans avant notre ère. Cette tête fut trouvée en 1770 dans la *villa* d'Hadrien, où probablement elle avoit été placée par cet empereur comme un exemple de la sculpture grecque antique.

55. *Tête de Périandre*, tyran de Corinthe, et un des sept Sages de la Grèce. Elle appartenoit au Pape Sixte V ; mais elle demeura à la *villa Montalto* comme un portrait inconnu, jusqu'à ce qu'en 1776 on trouva, à la *Pianura di Cassio*,

près de Tivoli, une tête exactement semblable à celle-ci, avec le nom de Périandre. Cette dernière est gravée dans le *Mus. Pio-Clem.*, t. VI, pl. XXV.

56. *Buste d'Isis Aphrodite* (1) placé sur la fleur du *lotus*. Il est de grande nature, et fut acheté en 1772 de la famille Laurenzano à Naples, qui le possédoit depuis plusieurs années.

57. *Buste de Trajan*, grande nature, avec la poitrine nue (2). Il fut trouvé dans la Cam-

---

(1) Je ne sais ce que M. Dallaway entend par Isis Aphrodite; l'Isis ægyptienne et Aphrodite, où Venus chez les Grecs, n'ont ensemble aucune analogie. *A. L. M.*

(2) Les deux bustes les plus célèbres pour le travail et la manière dont ils sont conservés (quoiqu'ils ne soient pas supérieurs à celui-ci) sont, l'un dans le Musée Capitolin, avec la chlamys sur l'épaule gauche, et un autre dans la villa Albani, ayant aussi la poitrine découverte. Les deux têtes colossales de cet empereur, dans le Capitole et dans le palais Farnèse, étant très-mutilées, n'offrent de mérite que dans leurs proportions. *Dum silens adstat, status est vultusque diserti.* PLIN., *in Panegyr.*, c. 22. *D.* — Cette note est, dans le texte, sous le numéro 51 : il est évident qu'elle a été déplacée, et qu'elle appartient au numéro 57, où je l'ai placée. *A. L. M.*

pague de Rome en 1776, et ajoutée à cette collection.

58. *Buste de Lucius Vérus*, plus grand que
nature, dans un costume guerrier, couvert du
paludamentum impérial. Il étoit jadis dans la
villa Mattei, et il est gravé dans le *Museum
Matteianum*. (1).

59. *Buste de Marcellus* (2), neveu d'Auguste, avec la toge. Sur la plinthe on lit l'inscription suivante :

DECEMVIRI. STLITIBVS. IVDICANDIS.

Ce qui indique que les Decemvirs appointés pour
juger les procès, firent ériger ce buste. *Stlitibus*
est une corruption fort ancienne du mot *litibus;*
elle commença à s'introduire pendant la républi-
que. Ce buste a été trouvé par M. Gavin Hamilton en 1775.

60. *Buste d'Hadrien*, plus grand que nature,
avec la poitrine nue. Il étoit autrefois dans la *villa
Montalto*. M. Visconti, en parlant de la tête colossale d'Hadrien, *Mus. Pio-Clem.* tom. VI,
pl. XLV, fait mention des cinq bustes les plus

---

(1) Tom. II, pl. xxiv. *A. L. M.*

(2) Sed frons læta parum et dejecto lumina voltu.

VIRG. *Æn.* VI, 863. *D.*

célèbres de cet empereur ; savoir : le buste colossal ci-dessus nommé, apporté depuis peu du château Saint-Ange ; un des trois conservés dans le Musée du Capitole (tome II, planche XXXIV) ; un dans le palais Ruspoli ; un dans le palais Colonna, avec la poitrine nue ; le baudrier du *parazonium* croise dessus ; et le buste de cette collection.

61. *Tête,* plus grande que nature, de *Marcus-Aurelius,* représenté en grand-prêtre, avec le vêtement de sacrificateur, voilé et couronné de plantes céréales. Sa physionomie exprime le calme de son ame et la gravité noble que l'étude de la philosophie lui avoit rendue habituelle (1).Cette tête a été obtenue de la collection Mattei en 1773.

62. *Tête de Néron,* plus grande que nature, rapportée d'Athènes, en 1740, par le docteur Askew.

63. *Tête d'Annia Faustina,* fille d'Antoninus-Pius, et femme de son successeur, Marcus-Aurelius, achetée à Pouzzole en 1777.

64. *Buste d'Hadrien,* trouvé dans le do-

---

(1) *Studium philosophiæ seriumque et gravem reddidit, non tamen prorsus abolita in eo comitate.* JUL. CAPITOLINUS. *D.*

maine du chevalier Lolli, dans le territoire de la *villa* de l'Empereur à Tivoli, acheté en 1768.

65. *Tête d'Epicure*, trouvée en 1775 dans la *villa Casali*, près de l'église de *Santa-Maria Maggiore* à Rome. Elle est exactement semblable à la tête de ce philosophe trouvée avec son nom, et adossée à celle de Metrodore (1).

66. *Buste d'un Homme* de moyen âge. Les cheveux et les poils de la barbe sont courts et touffus. L'épaule gauche porte une partie de la chlamys attachée avec une fibule ronde. On lit sur la base l'inscription suivante :

L. AEMILIVS FORTVNATVS.

AMICO OPTIMO. S. P. F.

Les lettres initiales S. P. F. signifient *Sua Pecunia Fecit.* Ce buste fut trouvé en 1776 parmi

---

(1) *Mus. Capitolin*, t. I. *Animadversiones. D.* — Il y a un autre buste d'Epicure en marbre pentélique. *Museo Pio-Clem.*, t. IV, 54. Le portrait d'Epicure est aussi connu d'une manière certaine par le buste de bronze décoré de son nom, qui a été trouvé à Herculanum. Voy. *Antichita d'Ercolano*, *Bronzi*, t. I, planches XIX et XX, p. 79 et 81. *A. L. M.*

les ruines qui sont dans les terres de la famille
Cesarea, près de Gensano.

67. *Aigle* d'environ vingt pouces de hauteur, envoyé de Rome par feu M. Beaumont.
La tête est moderne.

68. *Fontaine*, composée d'une tige de *lotus*,
se régénérant trois fois de ses boutons (1). La
division inférieure est entourée en apparence
des branches et des fruits de l'olivier; la division
du milieu est ornée de branches de lierre et
d'un serpent (2); la partie supérieure se termine en un jet pyramidal sortant du milieu de
ses feuilles. Cette composition singulière et mystique fut découverte en 1776 par Nicolo la Piccola, près de la route entre Tivoli et Præneste.
Elle a six pieds six pouces de hauteur.

69. *Bas-relief* (3) représentant un candela-

---

(1) C'est ce qu'on appelle une *plante prolifère*. Ce phé-
nomène de la végétation a été souvent employé, et de bien
des manières différentes dans les ornemens et les arabesques
des anciens. *A. L. M.*

(2) *Voy.* dans le *Mus. Capitol.*, t. IV, pl. x, la représentation d'un serpent entortillé autour d'une corbeille,
Cista. D.

(3) Quand dans les temples on se servoit de candelabres pour contenir le feu, on fixoit à volonté, sur le
haut de la fleur aplatie pour cet effet, un gril ou pla-

bre composé d'une tige de *lotus* sortant d'un autel en trépied, orné aux angles de têtes de béliers, et supporté sur des pattes de lion. Sur le
haut de la tige on voit la fleur faite en forme
de cloche; et par les anses qu'on y a ajoutées, elle
figure un vase, et contient le feu (1). Ce bas-re-

teau de métal qui portoit les combustibles. Quelquefois on y plaçoit des lampes au lieu de bois. Celui qui fut
donné par Antiochus II au temple de Jupiter Capitolin,
étoit de cette espèce. Cicéron, *in Verrem*, IV, 564 et 71,
en fait ainsi la description : *Cujus fulgore collucere atque illustrari Jov. opt. max. Templum oportebat.* Salomon, dans le second livre des Rois., c. VIII, a décrit
cette espèce de candelabre qui sert à porter des lampes : *Candelabra aurea quasi lilii flores et lucernas
desuper aureas.* Cette plate - forme est nommée par
POLLUX, *Onomast.*, l. x, 115, et l. VI, 109, Πιναχιον et
Πιναχισχιον, et par les Latins *superficies*, Pline, l. XXXIV,
5, 6. *D.* — J'ai donné, dans mon *Dictionn. des Beaux-
Arts*, un article très-étendu sur les *Candelabres. A.L.M.*

(1) *Monument. Matheian.*, II, LXXXIV. J'avoue que la
description ne me paroît pas tout-à-fait conforme à la figure;
la tige, dans ce bas-relief, n'est point une tige de lotus, ce
sont des feuilles d'acanthe, dont les enroulemens sont op-
posés. Cet ornement, d'un très-bel effet, se rencontre
souvent sur les bas-reliefs. J'en ai publié un semblable
d'après un beau vase de la collection de M. de Hoorn. *Voy.*
mes *Monumens antiques inédits*, t. I, pl. XXI et XXXIV.
A. L. M.

lief, d'environ deux pieds quarrés, appartenoit jadis à la famille Mattei (1).

70. *Vase* de trois pieds de haut, avec des anses. Sa forme est ovale, et il est orné de bacchanales et de symboles relatifs aux mystères d'Eleusis. Il a été tiré d'une fouille à *Monte-Cagnuolo*, dans le lieu où étoit située la *villa* d'Antoninus-

---

(1)
D. M.

M. VLPIVS CERDO

TITVLVM. POSVIT.

CLAVDIAE. TYCHENI

CONIVGI. CARISSIMAE

CVM. QVA. VIXIT. ANNIS

XII. MENS. VI. DIEB.

III. HOR. X. IN. DIE

MORTIS. GRATIAS.

MAXIMAS. EGI

APVT, DEOS. ET

APVT. HOMINES.

J'ignore absolument pour quel motif M. Dallaway a placé ici en note cette inscription. L'auteur de la description de la ville Mattei ne dit pas qu'elle appartienne au bas-relief dont il a été question. Il est certain qu'elle n'a aucune analogie, aucun rapport avec le sujet. Il est probable qu'elle existe dans la collection de M. Townley; mais l'auteur auroit dû nous en instruire. *A. L. M.*

Pius, près l'*ancien Lanuvium*, dont il a déjà été parlé.

71. *Bas-relief* de sept pieds six pouces de long et de deux pieds six pouces de haut, représentant les neuf Muses placées sous cinq arcades supportées par des colonnes cannelées, et richement ornées de feuillage et de festons. Chaque Muse a ses attributs caractéristiques. *Clio*, la muse de l'histoire, tient des tablettes sur lesquelles elle écrit avec un stylet (1). Vient ensuite *Calliope*, muse de la poésie historique (2). *Erato*, la main gauche posée sur la lyre, avec laquelle elle accompagne ses chansons érotiques. *Melpomène*, la muse de la tragédie, avec la massue et le masque tragique. *Euterpe*, qui tient la double flûte comme présidant à la musique. *Thalie*, la muse de la comédie pastorale, tenant le masque et le *pedum* des satyres. *Terpsichore* qui préside à la danse, porte une lyre. *Uranie*, la muse des siences, mesure un globe

---

(1) Il est reconnu que cette muse est *Calliope*, dont les tablettes appelées *pugillares* sont l'attribut. *A. L. M.*

(2) Celle-ci est au contraire *Clio*, qui, sur tous les monumens, tient le volumen ou rouleau sur lequel elle consigne les faits de l'histoire. *A. L. M.*

qu'elle tient dans sa main gauche, avec une baguette, *radius*, qu'elle a dans l'autre main. *Polymnie*, qui préside aux mystères et à la fable, est appuyée sur une colonne, et enveloppée d'une draperie. Toutes ces figures sont entières ainsi que leurs attributs (1).

72. *Bas-relief*, scié d'un sarcophage, de sept pieds quatre pouces de long, représentant une bacchanale, composée de trente figures de faunes, de satyres, de Silène, et d'autres suivans de Bacchus, qui lui-même est assis avec Ariane dans un char traîné par deux centaures (2).

73. *Le devant d'un cippe sépulcral*, trouvé dans la *villa Pelluchi*, près la porte *Pincia* à

(1) M. Townley a fait graver ce précieux bas-relief par Skelton; il est du nombre des monumens qui ont servi à M. Visconti pour déterminer d'une manière plus précise qu'on ne l'avoit fait jusqu'alors, les véritables attributs des Muses. Cette planche est la douzième de ma collection; elle a été reproduite dans le bel ouvrage de M. *Alexandre* Laborde sur la *Mosaique d'Italica.* C'est la vignette de la page 19. *A. L. M.*

(2) Ce bas-relief étoit autrefois dans la villa Montalto; il a été gravé par Bartoli dans les *Admirand. Roman. antiq. vestig.*, pl. xlviii. *D.*

Rome, avec une inscription (1) d'une construction singulière.

74. *Piédestal*, avec une inscription sépulcrale (2), trouvé en 1776 près de *Nettuno*, l'ancienne *Antium*, bâti par l'empereur Néron.

75. Le *devant d'un cippe sépulchral*, avec une inscription grecque et la figure d'un squelette. Ce morceau a été acheté de la *villa Burioni*, près la porte Salarienne à Rome. Il est cité par l'abbé Giovenazzo, dans son traité sur les fragmens de Tite-Live, publié en 1772, comme un

---

(1)   **D. M.**

DASVMIAE. SOTERIDI. LI
BERTAE. OPTIMAE. ET. CON
IVGI. SANCTISSIMAE. BENE
MER. FEC. L. DASVMIVS. CAL
LISTVS. CVM. QVA. VIXIT. AN.
XXXV. SINE. VLLA. QVE
RELLA. OPTANS. VT. IPSA.
SIBI. POTIVS. SVPERSTES. FV
ISSET. QVAM. SE. SIBI. SVPER
STITEM. RELIQVISSET.

(2)   EIΠEIN TICΔYNATAI
          CKENOC AIΠOCAPKON
          AΘPHCAC EIΠEPYΛAC
          HΘEPCITHCHNΩ
          ΠAPOΔEITA.

exemple de l'ancien usage grec de ne point séparer les mots dans les inscriptions (1).

76. Petite *Inscription* de neuf pouces de long, trouvée dans la villa Perucci (2).

77. *Devant d'un Cippe votif*, de deux pieds sept pouces de haut, avec une inscription qui probablement a rapport à Géta. Ce prince fut assassiné par Caracalla, et son nom fut effacé de tous les monumens publics par ordre de cet empereur. Ce morceau appartenoit à feu M. Topham de Windsor.

---

(1) MARCIA. ML. CORAGIO:
    CONCVBINA. RVFIONIS.

(2) DIS MANIBVS.
  M. CLODIO
  HERMÆ.
  CONGVGI OPTIMO
  ET ANNIO FELICI FRATRI. FECIT.
      ANNIA AVGVSTALIS.
  ET. TYRANNO. CARISSIMO.

Cette inscription a été publiée, avec quelques différences, par MURATORI, dans son *Thesaur. inscrip.*, p. 1528. Elle étoit alors dans l'église de Sainte-Marie majeure. FABRETTI en parle aussi, ch. v, n°. 220, à cause des ornemens dont elle est entourée ; elle étoit alors dans la villa Negroni. Ce Clodius Herma est mentionné dans une inscription du *Mus. Capit.*, publié par MURATORI, p. 604. *D.*

78. *Cippe sépulcral* de deux pieds neuf pouces de haut. Sur le devant est une tablette avec une inscription (1) au-dessus. Dans le centre est la tête de Méduse, ayant de chaque côté l'Ibis et une tête de bélier, d'où pend un feston. Au-dessous est représenté l'enlèvement de Proserpine, qui est emmenée par Pluton dans un char traîné par quatre chevaux conduits par un génie, et précédés par un serpent. Deux colonnes spirales, ayant deux colombes pour chapiteaux, servent de bordure.

79. *Inscription grecque* sur un bouclier circulaire de trois pieds de diamètre, contenant les noms des *Ephebi* d'Athènes, sous le Cosmète Alcamènes, et les noms des familles auxquelles ils appartenoient.

L'opinion générale des anciens auteurs est que les Ephebi étoient des soldats de l'âge de dix-huit ans, qui prêtoient un serment, mais qui ne dévoient pas servir hors du territoire de l'état avant

---

(1)   VIPSANIA M. VIPSANII.

              MVSEI L THALASSA.

                  SIBI ET

         T. CLAVDIO. AVG. L. EPICTETO.

Cette inscription est gravée par Boissart, l. III, pl. LXXXVI, lorsqu'elle étoit dans la villa Cesi. *D.*

d'avoir atteint l'âge de vingt ans : ces deux ans étant employés à les instruire. Ce marbre a été apporté d'Athènes par feu le docteur Antoine Askew ; l'inscription a été publiée, mais incorrectement, par Corsini (1).

80. *Bas-relief*, ayant près de trois pieds de haut, représentant un homme âgé, avec une barbe, drapé et assis sur une espèce de trône. Il tient un pied humain dans sa main droite étendue en avant, de la même manière que les figures assises de Jupiter tiennent un aigle ou une patère. Deux figures de femmes d'une moins grande proportion sont auprès de lui, dans une attitude de vénération. Sur le bord du fronton est gravé en anciennes lettres grecques le mot ΞΑΝΘΙΠΠΟΣ. Ce marbre paroît avoir été le devant du tombeau du grand général dont le nom est écrit dessus. La figure assise représente Pluton, la divinité qui préside aux enfers, dont le pied est le symbole connu. Une des femmes peut être Isis, et l'autre une prêtresse (2).

----

(1) *Fast. antiq.*, t. IV, *Proleg.*, p. 11. On trouve plusieurs inscriptions semblables dans les *Marm. oxon.*, sur des marbres apportés de Grèce par M. Georges Wheler. *D.*

(2) MONALDINI, *Thes. Gemm.* nº 19. GORI, t. I, pl. CCXVII. *D.*

Le savant docteur Askew , qui rapporta ce marbre curieux d'Athènes, suppose que cette figure de Pluton est un portrait votif de Xanthippe lui-même. Ce général présente un pied comme une offrande à Æsculape, pour la guérison d'une blessure qu'il avoit reçue , selon ce que rapporte l'histoire, à la bataille de Mycale , où il commandoit la flotte des Grecs contre les Perses , 479 ans avant J.-C. (1).

81. *Fragment d'une Inscription testamentaire ,* scié de la face d'un sarcophage trouvé en 1776 (2), dans la villa Perucci , déjà mentionnée.

---

(1) Il n'est pas possible de croire que ce cénotaphe soit réellement celui de Xanthippe. Ce général étoit Lacédémonien. On sait qu'il périt dans la mer en revenant de Carthage; il est plus naturel de penser que le Xanthippe de ce sarcophage étoit un citoyen d'Athènes qui avoit offert le vœu d'un pied , ou pour la guérison d'une blessure , ou au retour d'un voyage. Quant aux deux femmes, la première ne peut être Isis , qui appartient à la religion ægyptienne , et qu'on ne voit jamais sur les monumens athéniens. *A. L. M.*

(2) . . . . NCIVS
. . . . MONVMENTVM RELIQVI
. . . MQVE. SVARVM CVLTVRAM
. . . . T. LIBERTIS LIBERTABVSQVE.

82. *Urne cinéraire* de deux pieds de haut et de dix-huit pouces de large. Le devant et les deux côtés sont ornés de guirlandes de fruits qui pendent de têtes de béliers ; on y voit des moineaux qui tuent un lézard à coups de bec , une sauterelle ; dans le fronton il y a un aigle et une tablette avec une inscription.

83. *Mardelle de puits* sur laquelle sont représentés en grand relief cinq groupes de Faunes et de Bacchantes : c'est un cylindre creux de trois pieds de haut sur trois pieds de diamètre ; il a été trouvé dans l'île de Caprée, et est resté plusieurs années à Naples, dans le palais Columbrano, appartenant au duc de Caraffa.

84. *Bas-relief* d'environ quatre pieds quarrés, représentant une Bacchante conduite par un

. . . VIS. VSVM FRVCTVM INSVLAE.
. . ALATIANAE PARTIS. QVARTAE ET
QVARTAE. ET. VICENCIMAE. QVAE IVRIS
SVI. ESSET. ITA. VT. EX. REDDITV EIVS. INS.
IAE. QVOD. ANNIS. DIE. NATALIS. SVI. ET.
ROSATIONIS ET. VIOLAE ET. PARENTALIB.
MEMORIAM. SVI. SACRIFICIS. QVATER IN. ANNVM
PACTIS CELEBRENT ET. PRAETEREA. OMNIBVS K.
NONIS IDIBVS. SVIS. QVIBVSQVE MENSIBVS. LVCERNA
LVCENS SIBI. PONATVR. INCENSO. INTERPOSITO. *D.*

Mystes ; trouvé à Gabia, capitale des anciens
Gabii. Un bas-relief semblable à celui-ci a été
pendant plusieurs années dans la cour du Belvédère dans le Vatican, et l'on voit les mêmes figures sur le célèbre vase de Gaiète, sur lequel est
inscrit le nom de l'artiste grec Salpion.

85. *Table antique* de trois pieds de hauteur,
supportée par un piédestal. Cet élégant morceau
d'ornement a été scié de l'extrémité d'un long
bloc de marbre, trouvé dans un très-grand et
magnifique édifice antique, dans le voisinage de
Frascati.

86. *Labrum* (baignoire) de basalte vert d'Æ-
gypte. Sur les côtés on a sculpté deux anneaux
qui forment des anses, au milieu desquels est une
feuille de lierre. Cette baignoire a six pieds quatre
pouces de long, trois pieds de large, et autant de
hauteur. La reine Christine de Suède, a qui elle
appartenoit, la légua au duc Odescalchi, et
M. Townley l'acheta en 1776, du duc de Brac-
ciano, son héritier.

87. *Bassin* de granite, quarré oblong, de
trois pieds six pouces de long, sur vingt pouces
de large, de dix-huit pouces de profondeur,
et de deux pieds six pouces de haut. Cette espèce
de bassin servoit anciennement dans les temples à contenir l'eau lustrale dont on se servoit

pour purifier les mains? On en a trouvé trois en porphyre, pareils à celui-ci; un dans le Panthéon d'Agrippa, actuellement placé à Rome, dans l'église de Saint-Jean de Latran; un autre dans le palais Borghèse; et le troisième dans la collection du comte de Caylus, qui l'a gravé dans ses *Antiquités*, t. VII, pl. 66. Il est actuellement à Paris, dans l'église de Saint-Germain l'Auxerrois; on en a fait un tombeau en y adaptant un couvercle moderne (1). C'est aussi en 1776 que M. Townley s'est procuré le bassin que je décris.

88. *Base triangulaire d'un candelabre*, de quinze pouces de haut. Les trois panneaux de côté sont ornés d'un vase, d'un lotus avec des festons composés de divers symboles de plantes, et d'une Ibis, *Ardea Ibis* (2). Cet oiseau particulier à l'Ægypte, est décrit dans les voyages d'Hasselquist (3).

---

(1) Il est actuellement au Musée des Monumens français. *A. L. M.*

(2) M. Cuvier a démontré que l'Ibis ægyptien n'est pas un ardée, mais une espèce de courlis, *scolopax Ibis. A. L. M.*

(3) La notice que M. Dallaway donne de la riche collection de M. Townley est très-curieuse et fait con-

SECTION XIII.

Collection de Statues faite par feu le marquis de Monthermer, actuellement dans la possession du duc de Buccleugh, privy gardens, Westminster

---

1. STATUE de *Léda* avec le cygne. Quatre pieds six pouces.

---

noître son importance. Mais il me semble avoir oublié quelques monumens très-intéressans. Parmi ceux dont M. Townley avoit eu là bonté de m'adresser les gravures, je citerai un *buste d'une Nymphe sortant d'une fleur en laquelle elle se métamorphose.* Ce monument précieux est du nombre de ceux figurés sur son billet de visite, au n°. 1 de ma collection. Au n°. 31 est un *bas-relief* qui représente *Eros (Amour) et Psyché sur le lit nuptial;* auprès d'eux est une table à trois pieds qui porte un plat dans lequel est un poisson qui paroît appartenir au genre *Cyprinus.* Un petit amour leur apporte une colombe, un autre joue près du lit avec un lièvre et une grappe de raisin. Le carquois rempli des flèches fatales est recouvert; il repose près de la table pour le bonheur des humains. Plusieurs amours apportent leur tribut de gibier, de fleurs, de fruits et de vin, pendant qu'une des suivantes de Psyché, ayant comme elle des ailes de papillon, célèbre cet hymen en

II. 6

2. Statue de *Minerve :* la tête est moderne, et grossièrement finie.

---

s'accompagnant d'un instrument qui a l'air d'un théorbe ; un amour marie à ses sons ceux de la lyre, qu'il frappe avec un plectrum. Un autre marbre, n°. 33 , fait voir de chaque côté un *Poète devant une Muse* ; l'une peut être Polymnie, qui élève les yeux vers le ciel, l'autre Erato, qui s'appuye sur sa lyre ; auprès du poète est son *scrinim,* et sur le bord du sarcophage on aperçoit son buste. Une inscription grecque, déjà rapportée dans plusieurs recueils , nous apprend que c'est le monument d'un homme qui étoit à la fois poète , musicien, cythariste , voyageur et marchand de femmes. « A présent, dit-il, mon ame est dans le ciel , et, même après ma mort, les muses possèdent toujours mon corps. » Parmi les autres monumens dont M. Townley m'avoit aussi envoyé les gravures, on remarque, n°s 1 et 27 , une magnifique *Ciste mystique* soutenue par des animaux ; les nombreuses figures qui y sont gravées dans l'ancien style grec, dit étrusque, mériteroient une explication étendue. Cette ciste est un des monumens les plus beaux et des plus importans qu'on puisse voir ; elle a contenu des patères , des couteaux , des instrumens de sacrifice, qui ont été gravés sur une autre planche. Outre cela je possède encore les estampes de quinze patères de bronze, gravées dans l'ancien style grec, et pour la plupart inédites ; quatre patères en marbre , des vases , des figurines en argent. M. Townley avoit aussi une belle collection de *pierres gravées* et une suite nombreuse de *pâtes antiques* dont les sujets sont sommairement indiqués

3. Statue de *Cupidon assis , endormi sur un rocher ;* le petase est sur sa tête, et un panier de pêcheur pend à son bras (1).

4. *Tête colossale d'Auguste.*

5. *Tête d'Alexandre* avec un casque (2).

---

dans le *Catalogue des Empreintes de* M. Tassie , publié par M. Raspe. Je possède plusieurs de ces empreintes dont j'ai fait dessiner et graver les sujets les plus curieux et les plus singuliers, en attendant que la paix rendue au monde me permette de les publier. *A. L. M.*

(1) Je ne pense pas que ce soit un Cupidon. *A. L. M.*

(2) La tête d'Alexandre dans le Capitole , une autre dans la galerie de Florence , moins bien conservée , et une statue de ce héros dans le palais Rondonini , donnent une idée plus parfaite de sa ressemblance que celle qu'on pourroit prendre d'après le profil de ses médailles , auxquelles ces têtes ressemblent.

Les portraits du Guerrier macédonien sont tous remarquables par une inclinaison de la tête sur l'épaule gauche , et les yeux tournés en l'air; *Anthol.* l. iv , c. viii, p. 312. (t. II, p. 58, I.); ἐς Δία λεύσσων. *D.*

Aucun des monumens rappelés par M. Dallaway n'offre la véritable image d'Alexandre , ainsi que cela est démontré. *Voy.* dans l'*Atlas* de la traduction d'Arrien , par M. Chaussart , la dissertation de M. Visconti sur les *monumens qui représentent le portrait d'Alexandre.* Puisque le buste du lord Monthermer ressemble aux monumens cités par M. Dallaway , on peut assurer qu'il ne reproduit pas les traits du héros macédonien. *A. L. M.*

6. *Téte d'Héphæstion mourant* (1).

7. *Téte de Mercure,* ou plutôt un Dioscure, parce qu'il n'a point d'aile au chapeau.

8. *Téte de Mercure* (2). Le pétase est composé de l'écaille d'une tortue.

9. *Téte en bronze de Baccha* ou *Libera,* avec les yeux creusés pour recevoir des prunelles d'une autre matière : travail excellent.

10. *Téte de Vénus,* entière et parfaite.

11. *Téte de Jupiter,* extrêmement restaurée.

12. *Téte de Junon,* ou plutôt d'*Isis,* en basalte noir, d'un beau style ægyptien.

13. *Belle téte d'Æsculape.*

---

(1) On ne connoît aucun portrait d'Héphæstion qui ait pu servir à déterminer celui-ci. *A. L. M.*

(2) C'est un exemple extrêmement rare d'un Mercure ainsi coiffé. Il appartient à la mythologie des Ægyptiens, et probablement au second âge de la sculpture sous les Ptolémées. POCOCKE, le célèbre voyageur anglais, a observé dans un temple à Thèbes en Ægypte, un Mercure avec le pétase ou chapeau ailé, fait de l'écaille d'une tortue. WINCKELMANN parle de celui-ci comme ayant appartenu au sculpteur Cavaceppi. *D.*

Cette configuration du pétase rend en effet ce monument curieux; mais rien n'indique qu'il appartienne à la mythologie ægyptienne. *A. L. M.*

14. *Tête inconnue*, avec sa propre plinthe.

15. *Tête d'un Jeune Garçon*.

16. *Tête*, avec une guirlande ; probablement un portrait.

17. *Hermès d'Hercule*, enveloppé de la peau du lion et couronné de lierre. Il est d'un très-grand mérite (1).

18. *Urne cinéraire* élevée. Il y a sur le devant un candelabre entre des griffons avec des cornes de chèvre.

19. Deux *Vases cinéraires*, en marbre ; un avec des anses à cercles doubles, et l'autre est cannelé.

20. *Bas-relief* représentant les Graces (2).

---

(1) Ne seroit-ce pas plutôt une tête d'un Faune enveloppé d'une *nebride*? l'Hercule buveur est représenté avec un vase à la main, mais jamais couronné de lierre. *A. L. M.*

(2) Ce sujet si souvent répété par les modernes, me fait suspecter l'antiquité de ce monument. *A. L. M.*

SECTION XIV.

Collection de Statues faite par le marquis de Lansdowne, à Shelburne-House, West-minster.

---

1. STATUE grande comme nature, dans l'action d'attacher au pied sa chaussure, pareille à celle qui est à Versailles, et qu'on a supposée représenter Cincinnatus se préparant à commander les Romains: Mais, selon Winckelmann, il est plus probable que c'est Thésée chaussant les sandales de son père Ægée (1). Cette statue, achetée par M. Gavin Hamilton, a été trouvée par lui en 1771, dans la fouille qu'il a faite à la Pantanella.

2. Une statue de *Páris*. La tête n'appartient pas au corps. Elle a été trouvée au même endroit que la précédente.

3. Une statue en marbre noir ou basalte, supposée représenter *Bérénice,* épouse de Pto-

---

(1) *Monum. inéd.*, t. I, p. 88. *D.* — L'original est au Musée Napoléon, n°. 108. M. Visconti établit sur des conjectures très-probables que c'est un Jason. *A. L. M.*

lémée-Philadelphe dans le caractère d'Isis. Cette statue a été aussi trouvée à la Pantanella.

4. Une autre figure de la même espèce de marbre.

5. Une statue de *Marcus-Aurelius* (1) : elle a plus de sept pieds de hauteur. La tête n'appartient pas à cette statue, qui a été trouvée par M. Gavin Hamilton dans le Columbaro.

6. Statue d'environ sept pieds de hauteur. C'est une excellente répétition du beau *Méléagre* du Belvédère, que M. Visconti a prouvé être un Mercure (2). Cette excellente figure est bien conservée, et a été trouvée par M. Gavin Hamilton à Tor-Columbaro.

7. Statue d'un *Hercule jeune*, portant une

---

(1) 'JUL. CAPITOLIN, dans le premier chapitre de la vie de *Marc-Aurèle*, parle de la multiplicité de ses bustes et de ses statues : *Sacrilegus judicatus est, qui ejus imaginem in suâ domo non habuit, qui per fortunam vel potuit habere, vel debuit.*

.... Incisa notis marmora publicis,
Per quæ spiritus et vita redit bonis
Post mortem ducibus.
HOR. *Od.* IV, VIII, 13-15.

(2) Il paroît d'après cela que c'est une répétition, non du vrai Méléagre qui est au Musée Napoléon, n°. 117, mais du prétendu Antinoüs, n°. 129.

massue ; il a près de sept pieds de hauteur. Cette figure a été trouvée en 1790 dans les terreins où étoient la villa Tiburtina d'Hadrien, appartenant originairement au comte Fède, actuellement à la famille Marefoschi. Cette belle statue est parfaitement conservée ; elle a été achetée par M. Jenkins.

8. Statue d'une *Amazone* ; la tête ne lui appartient pas ; elle a été trouvée par M. Gavin Hamilton au Columbaro.

9. Statue ægyptienne d'*Osiris*, dans l'action de s'agenouiller.

10. Statue de *Junon* assise, dans la proportion de sept pieds pleins. La tête n'est pas la sienne ; elle est très-restaurée, et appartenoit autrefois à M. Gavin Hamilton.

11. Statue de grande nature, restaurée, dans le caractère de Diomèdes enlevant le palladium. Le corps n'étant absolument qu'un tronçon sans tête, ni bras, ni jambes, a été trouvé par M. Gavin Hamilton, en 1778. On ignoroit alors que c'étoit originairement une répétition du Discobole trouvé depuis dans les terreins qui appartiennent à la famille Massimi, à Columbaro (1).

12. Statue d'un *jeune enfant* dans le caractère

_____

(1) *Suprà*, p. 42.

d'*Harpocrates*. Elle est d'environ quatre pieds de hauteur.

Il y a dans cette collection plusieurs autres statues et des Hermès d'un mérite inférieur, et d'une authenticité moins certaine.

13. *Groupe de Cupidon et Psyché* (1), d'environ trois pieds six pouces de hauteur, trouvé dans la Pantanella, par M. Gavin Hamilton.

14. *Groupe de Léda avec le cygne,* à-peu-près de la même hauteur, acheté de M. Gavin Hamilton, et trouvé dans la villa Magnani sur le mont Palatin.

15. *Grand bas-relief* représentant *Æsculape :* la tête est moderne.

16. *Buste d'un heros olympique,* trouvé à la Pantanella : il est parfaitement sculpté.

17. *Tête de Minerve,* trouvée à Roma-Vecchia.

18. *Tête d'Antinoüs* déifié, comme Osiris, trouvée à la Pantanella : il est du temps d'Hadrien.

---

(1) La Psyché des Ægyptiens, un de leurs emblêmes favoris pour représenter l'ame ou la vie future, n'étoit originairement autre chose qu'un papillon. Lorsque les arts se furent perfectionnés, ils la figurèrent sous la forme élégante d'une femme, en lui conservant les ailes de cet insecte. *D.* Aucune autorité ne prouve que la fable de Psyché soit due aux Ægyptiens.

19. *Téte de Mercure*, trouvée dans le même lieu et d'une parfaite exécution.

20. *Tétes d'une Muse* et de *Mercure*.

21. *Téte d'Antoninus-Pius*.

22. *Tétes de Bacchus et d'Ariane* : très-belle sculpture.

SECTION XV.

Collection de Statues faite par lord-vicomte Palmerston , à Broadlands près Romsey, Hants.

1. STATUE *d'une Muse*. L'attitude est la même que celle de la Melpomène qui étoit autrefois dans le palais Farnèse, et qu'on voit actuellement dans le Musée Pio-Clémentin. Elle est penchée en avant et a la jambe gauche élevée sur une pierre.

2. Statue de *Cérès*. Elle est restaurée. La tête et les bras manquent.

3. Statue d'*Hygiéïa*.

4. Statue de *Cupidon*, dormant sur une peau de lion , près de lui il y a une massue et deux lézards. Elle est de bonne sculpture ; ce sujet a été souvent répété (1).

5. *Tête de l'Afrique* , petite nature, avec le mufle d'éléphant sur la tête.

6. *Tête de Diane* , avec le double nœud de chaque côté de la tête , comme on le remarque à la figure de la collection de M. Townley.

***

(1) *Suprà* , t. I, p. 180. *A. L. M.*

7. *Tête de Junon*, presque parfaite, mais très-altérée par le temps.

8. *Tête d'un Faune féminin* (1).

9. *Tête* dans le caractère de Mercure, avec un *pétase*. C'est probablement un portrait.

10. *Tête inconnue*, avec une guirlande tortillée.

11. *Hermès* à double tête de Faune.

12. *Bas-relief* représentant *une Muse*.

13. Un autre sur lequel on voit *trois Femmes* célébrant des orgies.

14. *Trépied*, orné de *Bacchanales. Silène*, avec la *ciste* mystique, dans laquelle il y a un Priape et des fruits.

15. *Vase* avec des *Bacchanales*. Les morceaux sont rapportés; mais les figures sont de bonne sculpture.

---

(1) J'ignore ce que M. Dallaway entend par ce mot. On n'appelle *Faunes*, dans les arts, que les figures humaines qui ont une queue, ou des cornes, ou des pieds de chèvre, ou au moins dans le front et les oreilles un peu du caractère de cet animal, et jamais cela ne s'observe à des figures féminines. *A. L. M.*

SECTION XVI.

*Collection de Statues faite par M. Mansel
Talbot, à Margam , dans le comté de
Glamorgan. — Statues , Bustes , Vases.*

1. Lucius-Verus. La tête n'a jamais été sé-
parée , mais les jambes, une partie de la cuisse,
et les deux bras sont d'un travail moderne.

2. *Personnage consulaire.* La draperie est
excellente et du dernier fini. Cette statue étoit
autrefois à Naples , dans le palais *Colombaro ,*
appartenant au duc Caraffa ; elle a été achetée
par M. Jenkins. On y a placé une tête de Tibère qui s'ajuste bien avec le tronc.

3. *Jeune Faune* tenant une flûte. Cette statue étoit d'abord dans le palais Barberini , et
M. Gavin Hamilton en a fait l'acquisition. Il y a
dans le Capitole, ainsi que dans la villa Borghèse
à Rome (1), des répétitions de cette agréable
figure.

_____

(1) *Suprà*, p. 46. *A. L. M.*

4 *Hercule* (1) *ivre* et *Ureticus* , portant négligemment sa massue sur l'épaule gauche. La main droite est moderne. Il y a dans la collection de Dresde , et l'on voit sur plusieurs pierres antiques , des figures d'Hercule dans diverses circonstances d'ivresse.

5. *Dioscure.* D'autres répétitions de cette figure ont été jugées par des connoisseurs devoir représenter un des Ptolémées. Elle fut trouvée en 1769 par M. Gavin Hamilton , à la *Pantanella* , dans l'endroit où étoit la villa d'Hadrien à Tivoli.

6. *Jeune Garçon.* Cette statue est petite , bien proportionnée et drapée.

7 , 8. *Tronçons* d'excellente sculpture. Ce sont des fragmens de la statue d'un Ganymède et de celle d'un satyre.

9. Buste d'*Hadrien* , excellent et bien conservé.

---

(1) STATIUS (*Sylv.* l. IV, v, VI, v. 58) donne une description détaillée d'un petit bronze d'Hercule ivre , n'ayant pas un pied de hauteur , avec une coupe dans une main ; il fait l'histoire de cette statue ; c'étoit selon lui l'ouvrage de Lysippe , et elle avoit appartenu à Alexandre , à Annibal et à Sylla. Hercule est ainsi représenté sur une pierre antique dans la collection Verospi. SPENCE, *Polymetis*, p. 161, n. 71. *D.*

10. Buste qu'on suppose représenter *Solon*, parce que la tête est presque chauve (1). Il est d'une bonne exécution.

11. Buste de *Sabina*, femme d'Hadrien.

12. Buste d'*Antoninus-Pius*. Les trois derniers dont nous avons fait mention sont d'un style supérieur, et ont été trouvés par M. Gavin Hamilton dans la *Pantanella*.

13. Buste de *Minerve*. La face est bien conservée. La partie du derrière de la tête manque; mais elle est coiffée d'un beau casque de bronze antique, qui est bien d'accord; la poitrine est couverte de l'ægide (2). Ce buste est sans doute un fragment d'une belle statue de cette déesse.

14. Tête d'*Hercule agoniste* d'un grand mérite. Elle a été achetée par M. Gavin Hamilton; elle étoit originairement dans la collection Mattei.

_____

(1) Ne seroit-ce pas à cause de sa ressemblance avec le portrait figuré sur une intaille, avec le mot COΛωNOC gravé à côté. On sait aujourd'hui que c'est le nom du graveur Solon, et on suppose, avec beaucoup de probabilité, que ce portrait est celui de Mécène. Voy. mon *Introduction à l'étude des pierres gravées. A. L. M.*

(2) L'ægide, symbole du pouvoir et de la domination universelle, étoit fréquemment placée sur les bustes des empereurs, et la flatterie la donnoit même à des monstres aussi dépravés que Néron et Domitien. *D.*

15. Buste inconnu , par M. Angelo.

16. Bas-relief représentant *Léda ,* il est moderne.

17. *Sarcophage* cannelé. Les Graces figurées
en bas-relief.

18. *Vase* ovale , moderne.

19. Deux *Vases* en rouge antique , par Cardelli.

21. Copie du *Vase Borghèse* , et du *Vase
Médicis ,* par Cardelli.

SECTION XVII.

Collection de Statues faite par feu William Weddel, écuyer, à Newby, dans le comté d'Yorck ; appartenant à lord Grantham.

————

1. VÉNUS, dans l'attitude de celle de Médicis : elle a cinq pieds un pouce et demi de hauteur. Les deux bras et la jambe droite, à commencer du genou, sont modernes; la tête ayant été perdue, on y a substitué une belle tête de la *Pudeur*, d'une proportion convenable. La partie voilée a été transformée en cheveux par le sculpteur Pacili. Ce beau fragment étoit resté pendant long-temps dans les caves du palais Barberini, où il a été acheté par M. Gavin Hamilton; ce sculpteur en fit, en 1765, un échange avec M. Pacili. Bientôt après M. Jenkins l'obtint de M. Pacili pour mille écus romains, y compris la restauration, et il la vendit à M. Weddel (1).

2. *Minerve.* La tête n'appartient pas à cette

————

(1) J'ai été informé de ce fait par une personne qui le tenoit de M. Hamilton et de M. Pacili. *D.*

statue, mais elle est très-belle et très-bien ajustée. Cette statue a été achetée de M. Jenkins.

3. *Faune dansant*, demi-drapé, petites proportions.

4. *Silène avec une outre;* petites proportions.

5. *Muse assise.* La tête n'est pas celle de la statue.

6. *Apollon en repos:* Il porte son bras droit derrière sa tête.

7. *Jeune Garçon* jouant de la flûte.

8. *Brutus nud* (1). La tête n'est pas celle de la statue, mais elle est bien adaptée.

9. *Faustine*, drapée.

10. *Jeune Patricien*, avec la bulle d'or.

11. *Ganymède*, copié d'après celui de Florence.

12. *Nymphe* penchée sur un bras.

13. *Ibis* en marbre blanc, grande comme nature (2).

---

(1) Cette dénomination ne me paroît aucunement certaine. *A. L. M.*

(2) L'Ibis est un oiseau semblable à la cigogne : il est particulier à l'Ægypte; il détruit les serpens; c'est pourquoi il a été adoré comme une divinité. PLIN. *Hist. nat.*, l. VIII, c. 27. CICERO, *de Nat. Deor*, l. I, c. 36. *D.*

On sait d'une manière précise que c'est une espèce de

14. Tête colossale d'*Hercule*, avec un trépied orné de bas-reliefs bachiques.

15. Buste d'*Auguste*.

16. Tête de *Minerve* en marbre de Paros.
Le casque et la partie de derrière la tête sont
restaurés.

17. Buste de *Caracalla*.

18. Tête d'*Alexandre* (1) en marbre pavonazzo, sur un magnifique trépied orné de mas-
ques et d'enfans (2).

19. Buste d'un *jeune Homme inconnu*.

20. Buste de *Femme ;* entier.

21. *Grand Sarcophage* de six pieds de long
sur cinq de hauteur, en marbre pavonazzo. Le
dessus est cannelé, et il y a des têtes de lion
sur les côtés.

22. *Petit Sarcophage*, où on voit des enfans jouant avec des fruits ; des hermès sont aux

---

courlis, *Scolopax Ibis. Voyez* sur cet oiseau, et sur le
culte que les Ægyptiens lui ont rendu, les savantes *Dissertations* de MM. Cuvier et Savigny. *A. L. M.*

(1) D'après ce que nous avons vu plus haut, il n'est
pas certain que ce buste soit celui d'Alexandre. *A. L. M.*

(2) . . . . . Tripodas præmia fortium
Graiorum.
Hor. *Od.*, l. iv, od. 8, v. 3.

angles, et une grande urne cinéraire ayant une *tessere* est placée dessus.

Les Romains étoient magnifiques dans leurs tombeaux; leurs sarcophages étoient fréquemment composés des marbres les plus précieux, et enrichis de la plus belle sculpture. Le plus beau bas-relief sculpté sur un sarcophage représente Bacchus et Ariane (1); il a près de sept pieds de long : il a été trouvé dans la voie Appienne. Ce morceau n'est égalé que par le sarcophage de Pise, représentant l'*histoire de Méléagre*.

On remarque sur ces monumens divers symboles de la mort, comme un lion dévorant un cheval, Cupidon brûlant un papillon, etc.

Un sujet souvent répété étoit *Apollon et les neuf Muses* (2). Ce dieu n'étoit seulement qu'ébauché, mais les autres figures étoient en-

---

(1) M. Dallaway auroit dû indiquer l'endroit où il se trouve et le livre où il est gravé, car ce sujet a été représenté sur un très-grand nombre de sarcophages. *A. L. M.*

(2) Cependant on n'a publié qu'un sarcophage où ce sujet soit représenté, celui de la villa Mattei, t. III, pl. XVI et XVII. Il faut qu'il ne soit pas aussi commun que M. Dallaway l'avance. *A. L. M.*

tièrement finies ; on terminoit alors la tête du dieu de manière à offrir la ressemblance du personnage renfermé dans le tombeau (1).

Les sarcophages étoient souvent embelllis par des ornemens étrangers à leur objet, comme des bacchanales et des sacrifices à la bonne déesse. Les anciens artistes paroissent s'être peu occupés de rendre leurs dessins analogues aux lieux pour lesquels ils étoient destinés (2).

Le travail des sarcophages romains est rarement très-bon, parce qu'à la mort de Sylla l'usage en fut presque discontinué (3), et il ne reprit généralement qu'après les Antonins. Cet intervalle de temps est l'époque des urnes sépulchrales et des urnes cinéraires, sur lesquelles les sculpteurs déployoient leur talent.

_____

(1) Cette pratique étoit observée, non-seulement pour les sarcophages qui représentoient Apollon, mais encore pour une quantité d'autres qui avoient des sujets différens. *A. L. M.*

(2) Les nombreux exemples que j'ai cités dans mon *Dictionn. des Beaux-Arts*, à l'art. SARCOPHAGE, sont contraires à cette assertion. *A. L. M.*

(3) Sylla ordonna que son corps fût brûlé, comme dit PLINE, *veritus talionem*, l. vii, c. 54, car il avoit permis que le corps de son rival Marius fût traité avec la dernière indignité. *D.*

L'usage (1) de brûler les corps cessa vers le temps de l'empereur Alexandre - Sévère et de Julia-Mammæa. Le sarcophage qu'on voit actuellement dans le Capitole à Rome, et qui leur est attribué, ne contenoit point d'os lorsqu'il fut originairement découvert ; le vase Barberini (aujourd'hui le vase Portland) étoit seul placé dans ce tombeau, et l'on prétend qu'il renfermoit des cendres (2). Quant au travail extérieur du sarcophage, il porte des marques incontestables d'un temps antérieur à Sévère.

---

(1) Nieupoort, *de Ritibus Romanorum*, p. 396. *D.*

(2) *Musée Capitol.*, t. IV, pl. 1, 11, 111 et 1v. J'ai donné un article très-étendu sur l'origine, la matière, la fabrication, l'usage et les sujets des sarcophages, dans mes *Monum. antiq. inéd.*, t. I, p. 106 et suiv. *Voy.* aussi, dans mon *Dictionnaire des Beaux-Arts*, le mot *Sarcophage*, où j'ai recueilli les mêmes idées avec quelques additions. *A. L. M.*

SECTION XVIII.

Collection de Statues faite par M. J. Smith
Barry, à Beaumont en Cheshire.

---

1. Antinoüs, dans le caractère de l'abondance. La tête n'appartient pas à la statue, mais le corps est excellent. Il est de grande nature, et fut découvert dans les thermes maritimes d'Hadrien, près d'Ostie, par M. Gavin Hamilton, en 1771.

2. Groupe de *Páris équestre* (1), très-res-

---

(1) On ne connoît point, dans l'antiquité figurée, Páris équestre, c'est-à-dire à cheval : c'est sûrement la coiffure phrygienne qui a fait donner ce nom au cavalier ; il paroît plutôt que ce groupe doit représenter *une Amazone à cheval combattant un guerrier à pied*. La publication de ce groupe pourroit être intéressante ; elle pourroit servir à déterminer, d'une manière précise, la statue qui porte faussement le nom de *Gladiateur. Voyez* ce que j'ai dit sur ce sujet dans mes *Monumens antiques inédits*, t. I, p. 370 et suiv., en expliquant un vase grec qui représente le groupe de Thésée qui combat l'amazone Hippolyte. *A. L. M.*

tauré, mais d'excellente sculpture. Il fut trouvé
à Tor-Columbaro , autrefois une villa de Gallienus , par M. Gavin Hamilton.

3. *Venus victrix*, trouvée dans le même
temps et au même endroit. Elle est très-restaurée.

4. *Bacchus avec un Faune.*

5. *Apollon.*

6. *Páris*, grande nature.

7. *Sabine* , drapée.

8. *Femme inconnue.*

9. *Trajan* , dans sa jeunesse.

10. *Faune.*

11. *Jeune Patricien* , avec le pallium.

12. *Bacchus et Ariane.*

13. *Bacchus sur un âne.*

14. *Hercule et Antée.*

15. *Homère*, petites proportions (1).

16. *Cupidon*, Id.

17. *Nymphe dans une fontaine* , avec un
vase.

18. *Vespasien.*

---

(1) Si cette statue est réellement conforme aux images
que les anciens nous ont laissées d'Homère, elle est vrai-
ment précieuse. On n'en connoît encore que des bustes.
A. L. M.

19. Buste de *Marcus-Aurelius.*

20. Buste d'*AElius-Verus.*

21. Buste d'*Antoninus-Pius,* grande nature.

22. Buste de *Septimius-Severus.*

23. Buste de *Lucius-Verus.*

Le Lucius-Verus de la villa Borghèse est le meilleur buste impérial connu jusqu'ici. Celui qui étoit jadis dans le palais Mattei est actuellement dans la collection de M. Townley (1). Il y en a un, dans le palais Barberini, extrêmement estimé, et un autre qui a été trouvé dans la villa d'Hadrien, et qui a été vendu, par M. L. Brown, à l'empereur de Russie.

24. Buste *inconnu.*

25. Tête de *Satyre.*

26. Tête de *Junon.*

27. Tête de *Pindare.*

28. *Médaillon*, avec l'inscription, MENAN-ΔΡΟC (2).

29. *Vase* en marbre, composé d'une mardelle de puits antique d'environ trois pieds de

____

(1) *Suprà*, p. 65.

(2) Il y a dans le Musée Napoléon une belle statue de Ménandre, n°. 76; *Mus. Pio-Clém.*, t. III, pl. xv. Il est aisé de s'assurer si la tête de ce médaillon lui ressemble. *A. L. M.*

diamètre et d'autant de hauteur ; elle étoit autrefois dans le palais Columbrano à Naples.. La coupe du bas et la corniche du haut, qui lui donnent la .forme d'un vase, ont été ajoutées par M. Jenkins en 1772, quand ce morceau lui appartenoit. Les figures antiques sont d'un excellent style de sculpture, et représentent l'histoire mystique d'*Adonis avec Vénus* ou *Proserpine*. Sur les bords on lit cette inscription dédicatoire :

LOC. H. S. P. S. GRAECEIA. P. F. RVFA. POMPON. DIANAE (1).

Ce vase, quant à son exécution, est un des morceaux les plus curieux qu'il y ait en Angleterre.

3o. *Vase de porphyre*, de près de trois pieds de haut, creusé avec beaucoup de travail dans une ancienne colonne, par Cardelli.

_____

(1) *Locum hunc sepulturæ propriis sumptibus Græceia posteris fecit. Rufa Pomponia Dianæ.* Sur les *Putealia Sigillata*, voyez PAUSAN. l. 1, p. 94. CIC. *Epist. ad Atticum*, l. 1, ep. 10. *D.*

SECTION XIX.

Collection faite par Henri Blundell, écuyer, à Ince-Blundell, dans le comté de Lancastre.

---

1. Minerve de cinq pieds de hauteur, tenant une chouette dans sa main droite. Un bras et une partie de l'autre sont modernes. Cette statue a été autrefois très-admirée dans le palais Lanti à Rome.

2. *Diane*, avec une tunique formée de la peau d'une biche; elle a cinq pieds de hauteur.

3. *Personnage consulaire* avec le *scrinium*. Cette statue est bien conservée, et ressemble un peu à celle qu'on appelle *Cicéron*, dans la collection d'Arundell (1).

4. *Figure* avec une massue, qu'on suppose être un *Thésée*. La tête n'est pas celle de la statue, qui a près de sept pieds de haut; elle étoit autrefois dans la villa d'Esté à Tivoli.

---

(1) *Suprà*, tom. I, p. 288.

5. *Matrone* drapée, de la hauteur de six pieds six pouces. La tête n'est pas celle de la statue.

6. *Minerve*, la main gauche appuyée sur un bouclier. Elle est très-restaurée, et a six pieds six pouces de hauteur.

7. *Statue* de six pieds de hauteur, qu'on a cru représenter la province de *Mauritanie*.

8. *AEsculape*, de près de sept pieds de hauteur.

9. *Statue de femme* avec une draperie légère ; elle a six pieds de hauteur. La tête et les bras sont modernes. Elle porte une inscription sur sa base.

10. *Bacchus*, de cinq pieds de hauteur.

11. *Jupiter avec l'aigle*. Cette statue a sept pieds de hauteur, et vient de la villa d'Esté.

12. Un *vieux Faune* et un *Hermaphrodite*, dans la proportion d'environ trois pieds. Ce groupe a été trouvé par Nicolas la Piccola, dans une fouille à environ sept milles de Tivoli, sur la route de Præneste, en 1776.

M. Blundell possède une grande quantité de bustes, de têtes, de bas-reliefs, de colonnes, de sarcophages, d'urnes sépulchrales et d'anciens fragmens curieux ; la totalité de la collection se monte à quatre cents pièces, dont je

sais que M. Blundell s'occupe de faire un catalogue explicatif, orné de figures gravées, pour
l'offrir au monde savant. L'esquisse que j'en
présente aux amateurs excitera sans doute leur
curiosité (1).

_____

(1) Les communications avec l'Angleterre étant inter-
rompues, je n'ai pu savoir si cette intéressante notice a
été publiée. *A. L. M.*

SECTION XX.

Collection de marbres (1) *faite par sir Richard Worsley, baronet, dans l'île de Wight.*

1. Bacchus et son favori *Acratus*, ailé comme un génie. C'est un groupe extrêmement beau.

2. *Cupidon*, trouvé à quinze milles de Rome, en 1793, où Varus avoit une *villa*. Cette sta-

(1) Ces marbres ont été recueillis en Grèce pendant les années 1785-1787, par M. R. Worsley, qui les porta à Rome. Ils furent examinés par le célèbre antiquaire M. Ennio-Quirino Visconti, bibliothécaire du Vatican, qui en donna la description dans deux magnifiques volumes, avec des planches. L'ouvrage est en anglois et en italien, et a été imprimé à Londres en 1798. Mais on ne peut s'en procurer un exemplaire pour de l'argent. *D.* — J'ai vu le premier volume seulement de cet ouvrage entre les mains de monsieur le chevalier Azara, dont les arts ont regretté la perte, et dont j'ai pleuré l'amitié. Depuis sa mort je n'ai pu rencontrer cet ouvrage nulle part : c'est ce qui m'empêche d'indiquer les planches où les monumens désignés dans cette notice sont figurés. M. Visconti a fourni à M. Worsley quelques notes pour la composition du texte; mais il ne l'a pas rédigé, comme le croit M. Dallaway. *A. L. M.*

tue est pareille à celle de M. Townley; c'est
probablement une belle copie antique d'après
le bronze de Praxitèles, que Laïs obtint de lui
par stratagême.

3. *Vénus* drapée.

4. *Prêtresse de Diane* drapée, avec la patère. Elle est petite et d'une seule pièce. La tête
et le bras sont restaurés, et il y a sur la plinthe
une inscription curieuse qui nous apprend son
nom et son office.

5. *Groupe du Nil*, ressemblant en petit à
celui qui est à Rome dans le Capitole.

6. *Jeune homme* dans le caractère d'un *Génie*, à moitié drapé.

7. *Hercule ivre*, trouvé en Ægypte, et dans
le style en usage sous les Ptolémées (1); il est
couronné de fleurs et de rubans comme l'Hercule qui est dans le Vatican.

8. Statue d'*Enfant* avec le masque et la peau
de lion, appelé *Génie d'Hercule*.

9. *Prêtre ægyptien*, en basalte.

10. *Fragment d'une idole ægyptienne.*

---

(1) On ne connoît pas de caractères qui puissent servir à distinguer le style des statues grecques sous les
Ptolémées. Si M. Dallaway en a trouvé, il auroit dû les
indiquer. *A. L. M.*

11. *Cercophithèque*, ou *Cynocéphale ægyp-*
tien.

12. *Canéphore* trouvée à Eleusis.

13, 14. *Chaises* de marbre antiques (1), qui appartenoient originairement au célèbre Fulvius des Ursins, et qui furent placées après dans la villa Montalto de Sixte-Quint.

15. Statue de *Sophocle* en hermès, trouvée à Athènes.

16. Statue d'*Alcibiades* trouvée à Athènes.

17. Statue d'*Anacréon*. La tête a une exacte ressemblance avec celle de la médaille de Théos.

18. *Phérécydes ,* philosophe contemporain de Thalès : petite statue en hermès.

19. *Hercule jeune,* avec des tresses qui tombent de chaque côté de la tête ; elle est couverte d'une peau de lion. C'est un buste fortement caractérisé.

20. *Attilius Régulus* (2) ; beau buste.

_____

(1) Elles doivent ressembler à-peu-près aux deux chaises de marbre qui sont dans le Musée Napoléon, nᵒˢ 1 et 6. *A. L. M.*

(2) Hor. , *Od.* 3. *D.* — J'avoue que j'ai bien de la peine à croire à l'authenticité de ce portrait , dont on n'a pu juger par aucun analogue , et que cela peut me faire douter de la certitude de quelques autres noms donnés à des bustes ou à des statues ; mais faute d'avoir sous les

21. Buste d'*Achille* (1), ressemblant à la statue de la villa Borghèse, et à une autre qui est dans la collection du duc de Nemi.

22. Buste de *Sapho* (2), avec un air et une physionomie mâles, comme elle est ordinairement représentée.

23. Buste de *Jupiter*, parfaitement sculpté.

24. Hermès d'*Hercule*, avec une barbe courte, et la peau de lion jetée sur la tête.

25. Bas-relief de *Jupiter et Minerve recevant les vœux d'un Athénien*, dessiné par Phidias, et enlevé du Parthénon. Le relief a peu de saillie (3).

26. Bas-relief représentant *Protesilas s'éloignant de Laodamie* (4), d'après la description d'Homère.

---

yeux l'ouvrage où elles sont figurées, je n'en puis rien dire. *A. L. M.*

(1) A quoi connoît-on que ce buste représente Achille? *A. L. M.*

(2) Du moins à ce que l'on suppose, car on ne connoît pas de portraits qu'on puisse regarder véritablement comme celui de Sapho. *A. L. M.*

(3) *Voy.* dans mes *Monumens inédits*, t. II, p. 43 et suiv., les détails que j'ai donnés sur ces sculptures. *A. L. M.*

(4) Il doit à-peu-près ressembler à celui du *Mus. Pio-Clem.*, t. V, pl. xviii, et c'est sûrement aussi le devant d'un sarcophage. *A. L. M.*

27. Bas-relief d'*Hercule*, découvert à Athènes en 1785 ; il ressemble à un marbre de la
collection d'Arundel.

28. *Sirène* sur un bas-relief antique.

29. Bas - relief représentant *Télèphe, fils
d'Hercule ;* il a été trouvé à Mégare.

30. Bas-relief représentant *Cécrops, roi d'A-
thènes avec ses trois filles.*

31. Fragment relatif aux *Mystères d'Eleusis ;* il a été trouvé à Eleusis.

32. Bas-relief où l'on voit une *Procession ;*
il a été trouvé à Mégare.

33. Bas-relief représentant *Pluton avec un
jeune homme debout près de lui.* Ce marbre
est extrêmement curieux ; on y remarque trois
espèces de coupes pour consacrer le vin.

34. Fragment du monument sépulchral de
Chérion , trouvé à Athènes.

35. Bas-relief où on a figuré *Moschus* (non
pas le poète) (1) : trouvé à Athènes.

36. *Un Homme avec trois jeunes Femmes
lavant une statue du dieu de Lampsaque avec
une éponge.* Bas-relief. C'est un très-beau monument de terre cuite.

---

(1) L'indication des noms de *Chérion* et de *Moschus*
fait supposer que ces bas-reliefs sont accompagnés d'inscriptions. *A. L. M.*

37. Un *Taureau.* Ce bas-relief a été trouvé dans la Grande-Grèce ; il étoit jadis dans le palais Columbrano à Naples : il est d'une sculpture excellente, et c'étoit probablement l'ornement extérieur d'un temple.

38. *Jeune Femme caressant des colombes.* Ce bas-relief a été trouvé dans l'île de Paros. On conjecture que c'étoit une relique du temple de Cérès, et que c'est un ouvrage de Praxitèles.

39. *Trépied* appartenant au monument de Lysicrate (1) à Athènes.

40. Fragment trouvé au promontoire Sigée, représentant une *Tante et une Nièce* (2) *attendant la réponse de l'Oracle.*

Plusieurs fragmens d'un moindre mérite, apportés des îles et des bords de l'Archipel.

---

(1) Voy. les *Descriptions d'Athènes* par Leroy et Stuart. *D.*

(2) On peut bien dire que c'est une femme accompagnée d'une jeune fille ; mais comment a-t-on pu déterminer que c'est une *tante* et une *nièce* si cela n'est pas dit dans une inscription ? Cependant M. Dallaway n'en fait pas mention. *A. L. M.*

SECTION XXI.

Extraits des lettres de M. Gavin Hamilton à Charles Townley, écuyer, relativement aux découvertes qu'il a faites à Rome et dans les environs (1).

———

Dans l'année 1771, M. Lolli fut le premier qui commença une fouille sur le terrein de la villa d'Hadrien à Tivoli, qu'on appelle actuellement le *Pantanello ;* les fragmens que l'on y

———

(1) La collection de M. Townley, dont il m'a été permis d'offrir un catalogue dans les pages précédentes, a été formée avec érudition et avec goût, et par des acquisitions heureuses. On peut dire que son jugement supérieur dans les arts est un héritage qu'il a reçu de son ancêtre maternel, le grand ARUNDEL.

M. Gavin Hamilton, aux soins de qui nous devons nos plus belles statues antiques, est mort à Rome en 1797; il y avoit passé la plus grande partie de sa vie, et sa mort fut occasionnée par le chagrin qu'il éprouva lorsque les François s'emparèrent de cette ville. C'étoit un homme très-considéré et de beaucoup de talent. Comme peintre d'histoire, il n'étoit pas moins classique que le Poussin ;

découvrit alors furent vendus au cardinal de Polignac, et à sa mort ils furent achetés par le roi de Prusse. Le seul morceau qui resta dans la possession de M. Lolli, est le buste d'Hadrien, qui appartient actuellement à M. Townley (1). En 1769, M. Hamilton employa quelques ouvriers pour faire de nouvelles recherches dans le même endroit ; ils les commencèrent au passage d'un ancien conduit coupé dans le tuf, où, après avoir travaillé pendant plusieurs

---

il avoit un coloris plus pur et des attitudes plus gracieuses. Un de ses principaux ouvrages est une série de *tableaux pris de l'Iliade*, qui ont été gravés par Cunego, et dont les originaux sont dispersés dans les différens cabinets de l'Europe. Le duc d'Hamilton et le lord Hopetoun en possèdent quelques-uns. Il a peint à fresque *l'histoire de Pâris*, dans un appartement de la villa Borghèse, près de Rome. En 1773 il a publié, en un volume *in-folio*, *Schola italica Picturæ*, d'après les peintures les plus célèbres.

M. Thomas Jenkins étoit allé d'abord à Rome comme artiste ; mais ayant amassé une fortune considérable par la faveur du pape Ganganelli, il devint le banquier des Anglois dans cette ville. Il en fut chassé par les François, qui confisquèrent tout ce qui lui appartenoit. Il mourut en abordant à Yarmouth, après une horrible tourmente sur mer, en 1798. *D.*

(1) *Suprà*, p. 65.

semaines à la clarté des lampes, étant jusqu'aux
genoux dans une bourbe infecte remplie d'in-
sectes dégoûtans, ils trouvèrent une sortie pour
les eaux de Pantanello. On découvrit alors un
commencement d'excavation creusé dans le conduit, rempli de troncs d'arbres et de fragmens
de marbres. On y trouva une tête, qui est actuellement dans la possession de M. Greville; le vase
des *Paons et des Poissons*, qui est dans le *Musée Pio-Clémentin;* un *Lévrier*, une *tête de Bélier* et d'autres fragmens; mais l'on s'aperçut que
Lolli avoit déjà tiré de cet endroit les morceaux les plus précieux. Heureusement un vieil-
lard que Lolli avoit employé autrefois, dirigea
les ouvriers vers un nouveau terrein. M. Gavin Hamilton remarque qu'il seroit difficile de
rendre raison des causes qui avoient fait rassembler dans cet endroit cette quantité considérable
d'arbres abattus, probablement par vengeance,
comme ayant fait partie d'un bois sacré garni
de statues, qui toutes avoient subi le même
sort. Il observe que les idoles ægyptiennes
avoient été plus maltraitées que les autres;
elles étoient cassées en mille pièces et défigurées
à dessein; les sculptures grecques n'ayant pas
autant excité la colère des Goths, ou plus probablement des premiers convertis au Christia-

nisme, n'avoient en général éprouvé d'autres
accidens que ceux occasionnés par leur chute
dans ce réservoir de fange et d'eau, d'où il ré-
sulte que les statues qui y ont été jetées les
premières s'étant enfoncées dans la vase, ont
été moins endommagées que les autres. Il y
avoit dans cet endroit des blocs ébauchés, des
fragmens de marbre blanc, des colonnes d'al-
bâtre en quantité suffisante pour construire un
palais, beaucoup de *giallo antico* (jaune antique) des espèces les plus rares ; en un mot,
ce qui constituoit la plus belle partie de la villa
d'Hadrien. Avec le temps, le trou s'étant rempli d'eau, fut appelé *Pantanello,* ou le petit lac
de Pantano.

M. Hamilton donne le catalogue suivant des
découvertes faites dans la fouille de Pantanello,
avec le nom des personnes qui ont obtenu
les monumens qu'on en a tirés.

Dans le Musée Pio-Clémentin.

1. Tête de *Ménélas* avec d'autres fragmens
faisant partie du groupe de Ménélas défendant
le corps de Patrocle (1).

---

(1) *Musée Pio-Clémentin,* t. VI, pl. xviii ; aujour-
d'hui au *Musée Napoléon,* n°. 215.

2. Buste d'un *Philosophe*, remarquable par sa parfaite conservation.

3. Tête de *Platon*.

4. Tête en marbre rouge.

5. Tête d'un *Mauritanien*.

6. Buste d'*Hadrien*.

7. *Antoninus-Pius*.

8. Fragment d'un *Vase avec des Paons et des Poissons*, etc.

9. Tête d'un *Bélier*.

10. Statue de *Némésis*.

11. *Cigogne de rouge antique*.

12. *Lévrier*.

13. *Colonne* avec des ornemens.

A la Villa Albani.

14. *Sphinx*, en basalte vert.

15. Tête d'*Antinoüs*, dans le caractère d'une idole ægyptienne.

16. Buste de *Caracalla*.

17. Tête de *Caracalla*.

18. Buste de *Lucius-Verus*.

Le Marquis de Lansdowne.

19. Statue de *Cincinnatus*.

20. Statue de *Páris*.

21. Groupe de *Cupidon et Psyché*.

22. *Antinoüs.*

23. *Le même*, dans le caractère d'une divinité ægyptienne.

24. Buste d'un *Vainqueur* dans les jeux olympiques.

25. *Pudicitia* (la pudeur), fragment.

26. Tête d'une *Muse.*

27. Deux *Idoles ægyptiennes* en marbre noir.

28. *Bas-relief*, aussi en marbre noir.

M. Mansel Talbot.

29. Statue de *Ptolémée.*

30. Buste d'*Hadrien.*

31. Buste de *Sabina.*

M. Piranesi.

Un grand nombre de fragmens de vases, d'animaux, quelques ornemens élégans, et une tête colossale d'*Hercule*, qui est actuellement dans la collection de M. Townley.

Le Général Schwalloff.

32. Tête d'*Antinoüs.*

33. Tête de *Sabina.*

34. Buste d'un *jeune homme*, grand comme nature, ayant appartenu à une statue.

M. de Koch, pour l'Empereur de Russie.

35. Statue de *Cupidon.*
36. Tête de *Junon.*

M. Jenkins , à Rome.

37. Buste de *Lucius - Verus* , acheté par M. L. Browne : il est actuellement à St. - Pétersbourg.

38, 39. Têtes d'*Antinoüs* et de *Pompée* , dans la collection du duc de Dorset, à Knowle , dans le comté de Kent.

40. *Lucille.*
41. *Junon.*
42. *Athlète.*
43. *Jupiter.*
44. *Faustine la jeune* , etc.

M. Townley.

45. Tête d'un *Héros grec.* Il en existe une semblable dans le *Musée Pio-Clémentin*, mais elle n'est pas aussi bien conservée.

On a envoyé dans différentes parties de l'Allemagne plus d'une douzaine de bustes et de têtes.

Découvertes de 1771.

On fit, en 1771, une excavation dans la *Te-nuta di S. Gregorio,* qui étoit alors la propriété du cardinal Chigi, et communément appelée *Tor Columbaro.* On fit choix de deux places, l'une sur la voie Appienne, et l'autre à environ un quart de mille de cette route. M. Hamilton pense que le premier endroit avoit été un temple de Domitien, et l'autre la villa de Gallienus, que l'on croit avoir été à neuf milles de Rome. Le temple étoit dépouillé de ses ornemens, et n'offrit qu'une colonne de granit rouge et quelques fragmens de porphyre et de jaune antique. Il est probable que Gallienus ayant dépouillé ce temple, en avoit placé les ornemens dans sa villa, car, à cette époque, il n'existoit plus aucun artiste capable de produire de pareils ouvrages. Ce qui confirme M. Gavin Hamilton dans cette idée, c'est le nombre de répétitions des mêmes sujets qui furent trouvées dans cette excavation; la supériorité des unes sur les autres prouve, qu'avec l'original, il y avoit des copies faites par des artistes du temps de Gallienus. Les colonnes précieuses de vert et de jaune antiques ont servi aux premiers Chrétiens pour décorer les temples qu'ils commençoient à élever. Les

statues, soit par ignorance de leur mérite, ou
par préjugé de religion, ont été détruites ou dispersées; quelques-unes étoient à peine à un pied
au-dessous du sol, et avoient été brisées par le
soc de la charrue. La première découverte de
quelque valeur fut le *Marc-Aurèle*, plus grand
que nature, qui est actuellement à Shelburne-
House; on en trouva une répétition à côté; mais
cette statue est d'un mauvais travail et cassée en
plusieurs pièces.

Le *Méléagre*, l'ornement de la même collection, et une des plus belles statues qui soient
en Angleterre, ainsi que le *Pâris équestre* (1)
en petit, acheté de M. Jenkins par M. J. Smith
Barry, écuyer, ont été également trouvés dans
cet endroit.

Le *Discobole* fut ensuite découvert bien conservé dans toutes ses parties, quoiqu'un peu
injurié par le temps. Son attitude passe pour être
une de ces heureuses productions des anciens
qu'on ne peut surpasser et qu'on égale si difficilement. Il attire actuellement l'attention des amateurs dans le *Musée Pio-Clémentin* (2), où le

---

(1) *Suprà*, p. 104.

(2) *Mus. Pio-Clem.*, t. III, pl. XXVII; aujourd'hui au
Musée Napoléon, n°. 120. *Suprà*, p. 42.

buste de *Sérapis* (1), pièce dont M. Hamilton n'a jamais pu découvrir une répétition, tient une place distinguée ; la *Vénus*, qui appartient actuellement à M. Corbet ; une *Vénus drapée*, restaurée maintenant, et nommée *Victrix*, dans la collection de M. Smith Barry ; un *Torse d'Apollon* et un *Faune assis*, de petites proportions mais d'un travail exquis, envoyés en Moscovie par M. Koch, viennent aussi de cette fouille. L'*Amazone* (2) de lord Lansdowne est encore une des heureuses découvertes de *Tor Columbaro*.

Après avoir ouvert huit différentes fouilles à Porto et dans d'autres parties de la Campagne de Rome, pendant le cours d'un hiver, sans avoir rien obtenu que le *Loup* et une petite *Victoire navale* trouvée à Cornazzano, et qui est décrite dans le *Museo Pio-Clementino* (3), M. Hamilton résolut de fouiller *Albano* ; il y découvrit une belle statue sans tête d'un *jeune homme*, qui est présentement dans le *Musée Pio-Clémentin*, et une *figure scénique* qui fut

---

(1) *Museo Pio-Clem.*, t. VI, pl. xv ; Musée Napol. n°. 7.

(2) *Suprà*, p. 88.

(3) Tom. II, pl. xi.

réclamée par le cardinal Albani, etc. Pendant ces recherches à Albano, quelques amis qu'il avoit à Genzano l'engagèrent à essayer si la fortune lui seroit favorable dans plusieurs terreins environnans; mais la plus grande partie du sol avoit été fouillée par l'ordre du cardinal Lancellotti, de sorte que l'événement ne répondit pas à son attente. Il eut plus de succès sur le mont Cagnolo: c'est une petite montagne entre Genzano et Civita-Lavinia, l'ancien *Lanuvium;* elle commande une riche perspective vers Velletri et la mer. D'après l'étendue, la magnificence des ruines, et les restes qu'on y trouve, on conjecture que ce devoit être la place de la villa d'Antoninus-Pius, qu'il bâtit dans le voisinage de l'ancien Lanuvium. Ce terrein, par la suite des temps, a été converti en un clos de vignes, et conséquemment dépouillé de tous ses ornemens, dont plusieurs ont été entassés pêle-mêle dans une espèce de chambre à dix pieds au-dessous du sol. Les pièces les plus remarquables sont les deux *Faunes,* d'une parfaite sculpture grecque, avec les noms de leurs auteurs; un *Vase* d'une forme et d'un goût admirables, et le groupe du *Chien lévrier caressant une chienne,* de la collection de M. Townley. La répétition de ce dernier morceau, qui a été trouvée dans le même temps et au même endroit, se voit actuellement dans le *Musée Pio-Clémentin*, et y est fort admirée. M. Townley possède aussi un des deux groupes d'*Actéon dévoré par ses chiens*, et les deux petites *Victoires sacrifiant un taureau*; c'est un des meilleurs bas - reliefs connus. Deux autres *Chiens* découverts aussi à *Monte - Cagnolo*, furent procurés par M. Jenkins; et c'est une remarque assez singulière, qu'une aussi grande quantité de chiens ait été trouvée dans un endroit qui conserve encore le nom qui les désigne. Ce territoire appartient au collége de Saint-Bonaventure. M. Hamilton, outre ces excellens modèles de l'art antique, entassés dans une chambre, trouva une tête ou buste dans le caractère de *Méléagre*, parfaitement conservée; elle est actuellement dans la collection de M. Townley; une grande statue de *Pâris* que le lord Temple a placée à Stowe avec quelques autres bons morceaux. On estime particulièrement un *Adonis* d'une beauté rare, qui a été déterré à la *villa Fonsega*. M. Hamilton estime que *Monte-Cagnolo* a été une des plus riches mines qu'il ait exploitées pendant sa résidence à Rome.

Il trouva à *Nemi*, qui avoit été déjà fouillé, un *Cupidon* tenant un vase, dont il a disposé en faveur de M. Lyde Brown.

Découvertes de 1792.

Géta, buste de belle sculpture ; une statue de *Sabina;* une autre de *Germanicus;* une tête de *Marcus-Agrippa*, du plus beau travail; une autre de *Tibère*, avec la couronne civique. Une statue de *Caligula*, avec la cuirasse; *Diana Succincta*, d'une grande beauté; *Némésis*, etc.

Fouille à Ostie sur le bord de la mer.

M. Hamilton, avec la permission du cardinal Surbelloni, commença ses recherches dans ce vaste champ de l'antiquité, à un endroit nommé *Porta-Marina*, qui lui promettoit la découverte de plusieurs objets précieux. D'après le plan des fondations de ces ruines, il parut évident que c'étoit la situation des *thermæ maritimæ*, ou des bains de mer publics ; et d'après plusieurs inscriptions composées de lettres d'une grandeur inusitée, on put juger que ces bains avoient été fréquemment réparés pendant les règnes de plusieurs empereurs, en remontant jusqu'à Constantin. Le cardinal *Albagine* possède une de ces inscriptions très-élégantes, qui lui a été donnée par M. Hamilton. On eut des preuves qu'Ha-

drien, le protecteur des beaux-arts, avoit embelli ces bains de plusieurs ouvrages magnifiques. La première statue tirée de cette fouille
fut le bel *Antinoüs*, dans le caractère du dieu
de l'abondance : M. Smith Barry l'acheta. Près de
l'Antinoüs étoit une statue d'*AEsculape*, d'un
moindre mérite, et une autre de sa fille *Hygiée*,
très-bien conservée, de grandes proportions et
d'un beau travail : cette dernière, et plusieurs
autres, ont été vendues au Landgrave de Hesse-
Cassel. Il y avoit aussi un *Torse* brisé au-dessous
des genoux, dont il existe une répétition au Capitole : la tête n'est pas celle de la statue, et le
tout a été restauré par Legros. M. Hamilton fit
restaurer ce torse comme celui d'un *Diomède
enlevant le Palladium*, et le vendit à lord Lansdowne; mais c'est une répétition du *Discobole
de Myron :* il ressemble à celui de la collection
de M. Townley (1).

M. Hamilton ne poussa pas plus loin ses recherches à *Porta - Marina*, qu'on avoit déjà
fouillée; mais en avançant sur le rivage vers un
bain dont le pavé étoit de vert antique, il dé-
terra bientôt le *torse d'un beau jeune homme ;*
les autres parties étoient très-mutilées, et ja-

(1) *Supra*, p. 42. *A. L. M.*

II. 9

mais, malgré les plus exactes recherches, il ne fut possible de retrouver la tête. Le pape réclama ce torse pour le *Musée Pio-Clémentin* (1).

La petite *Vénus* tenant un miroir, qui est dans la collection de M. Townley, faisoit aussi l'ornement de ces bains. *Quatre des travaux d'Hercule*, avec les attributs qui les caractérisent, furent trouvés à une petite distance; ils sont actuellement au *Musée Pio-Clémentin*, avec le *trépied d'Apollon*. On trouva à côté la *Mère de Vénus* et *la Muse*, qui appartiennent à M. Townley, et que M. Hamilton regarde comme une de ses découvertes les plus heureuses. La saison des fièvres empêcha les ouvriers de M. Ha-

---

(1) Sa Sainteté Pie VII a fait reprendre les fouilles d'*Ostie*. Il a été rendu compte de leur succès dans un petit écrit de M. *Carlo* FEA, qui a eu la direction de ces travaux; il est intitulé : *Relazione di un viaggio ad Ostia; Roma*, 1802, *in*-8°., et j'ai donné une indication de quelques morceaux qui ont été récemment découverts, d'après des lettres de mes amis de Rome, dans le *Magasin encyclopédique*, ann. 1805, t. V, p. 159. J'ai aussi indiqué les travaux que le zèle de Sa Sainteté pour les arts a fait entreprendre à Rome et dans ses environs. On trouve des détails curieux sur toutes ces fouilles dans le journal intéressant que publie à présent M. GUATTANI, sous le titre de *Memorie ciclopediche*. A. L. M.

milton de travailler à Ostie, et pendant l'automne, temps de sa durée, ils furent employés
à Roma-Vecchia. C'est une propriété de l'hôpital St.-Jean-de-Latran, à cinq milles environ de
Rome, sur la route d'Albano et celle de Frascati.
Près de cette dernière on voit, sur la droite,
une ruine considérable que l'on croit généralement devoir être les restes de la *villa* de la nour-
rice de Domitien. Cette opinion est confirmée
par des fragmens de statues colossales d'une excellente sculpture. M. Townley possède les deux
bustes de *Marcellus* érigés par les Décemvirs,
ainsi que le *Mercure dormant.* On trouva en
outre l'*AEsculape* grand comme nature, qui
appartient à lord Lansdowne; la *Bacchante*
si parfaitement belle, d'abord possédée par
M. Charles Greville, actuellement par M. Townley; enfin le bas-relief des *trois Bacchantes,*
envoyé à M. Townley; c'est une des pièces les
plus intéressantes parmi les heureuses découvertes faites en cet endroit. Plusieurs fouilles à
Palo et dans le territoire de Laricia n'eurent
aucun succès.

M. Hamilton fut plus heureux à *Castello di
Guido.* Ce lieu appartient à l'hôpital du Saint-
Esprit; il est environ à douze milles de Rome, sur
la route de *Civita - Vecchia :* c'étoit l'ancien

Laurium, où l'empereur Antoninus-Pius finit ses jours. La terre étoit à peine ouverte qu'on vit une *statue de femme avec la tête voilée, et tenant dans une main la patère et dans l'autre la corne d'abondance :* on jugea que ce devoit être une *Piété.* Plusieurs autres petites figures d'une exécution ordinaire parurent après; la plupart étoient mutilées, excepté une figure drapée, de petites proportions, représentant *Domitia avec les attributs de Diane :* elles furent envoyées, avec la Piété, au Musée Pio-Clémentin. Dans une grande voûte remplie de terre on trouva un *Cupidon,* de petites proportions, bandant son arc, comme Cupidon vainqueur des héros, ce qui est exprimé par la peau du lion jetée sur le tronc qui lui sert d'appui, laquelle fait allusion au triomphe que l'Amour a remporté sur Hercule. Cette superbe statue est dans le cabinet de M. Townley (1); la main qui tient l'arc est parfaite : ce qui manque à toutes les autres. Il n'est aucune figure que l'on rencontre aussi fréquemment parmi les antiques que le Cupidon : on peut conclure de là que c'étoit un sujet favori des artistes grecs, et, dans son

---

(1) *Suprà,* p. 44. *A. L. M.*

exécution , l'art semble avoir acquis son plus
haut point de perfection.

M. Hamilton découvrit , à Tivoli, le *Périclès* , qui appartient actuellement à M. Townley. Une répétition de ce buste a été trouvée
dans le lac de Castiglione ; elle est dans le Musée Pio-Clémentin.

L'ancienne ville des Gabii, remarquable pour
avoir été ravagée du temps d'Horace (1), appartient au prince Borghèse. Le site est contigu au
lac Gabinus, à quatre milles sur la *via Prænes-
tina*. M. Hamilton commença , en 1780 , par
l'ordre du prince, une fouille d'où l'on tira plusieurs bustes et de belles statues. Ces pièces ont
toutes été restaurées avec beaucoup d'adresse
et d'habileté, et sont placées maintenant dans un
édifice qui a été construit exprès pour les recevoir, dans le jardin de la villa Borghèse. Les plus
estimées sont une Diane et un Germanicus dans
un caractère inconnu jusqu'ici ; un Paon et
deux colonnes de vert antique (2).

_____

(1) *Frigidi Gabii* et *Gabiis desertior. D.*

(2) *Voy.* ce que j'ai dit plus haut , dans une note, t. I,
pag. 141 , de la savante description que M. Visconti a
publiée des morceaux précieux qui ont été tirés de cette
fouille. *A. L. M.*

SECTION XXII.

Différentes collections de Statues en Angle-
terre. — Vases d'Hamilton, de M. Hope.
Vase de Portland. — Sculptures modernes.
— Sculpteurs étrangers qui ont travaillé en
Angleterre. — Sculpteurs anglois , leurs ou-
vrages.

PLUSIEURS marbres d'un grand mérite et
aussi curieux que ceux qui sont dans les grandes collections dont j'ai parlé, ont été dispersés dans les diverses habitations de quelques seigneurs opulens et zélés amateurs des arts ; ce seroit faire injustice au goût des possesseurs de
ces chefs-d'œuvres de les passer sous silence ;
mais dans la crainte de fatiguer la patience de
mes lecteurs si je continuois d'en parler avec
les mêmes détails , je me bornerai à les citer
sommairement.

Vers l'an 1740 , M. Perri apporta d'Italie en
Angleterre plusieurs bustes de sculpture anti-
que , qui sont actuellement au *château de*
Penshurts.

A *Knowle,* dans le comté de Kent , il y a environ douze marbres rassemblés par feu le duc

de Dorset; on y distingue une statue avec une
tête de *Démosthène*, qui vient du palais Columbrano à Naples; une *Nymphe des fontaines*
endormie, trouvée à Roma-Vecchia par M. Gavin
Hamilton; un buste de *Brutus* avec un poignard; un autre qu'on donne sous le nom de
Marcellus; une tête d'*Antinoüs* de la villa
d'Hadrien, et celles des premiers Triumvirs,
excepté Crassus.

On voit à *Stowe* environ une vingtaine de
bustes plus ou moins beaux. Il y a peu de statues; le *Narcisse* a été considérablement restauré, mais le torse est excellent. Il y a encore le
Pâris juge, et un sarcophage très - curieux,
trouvé dans la villa d'Hadrien, représentant un
groupe de six personnes qui offrent un sacrifice;
sur le haut, est une figure nue appuyée sur
un serpent (1).

(1) Inscription :   D. M.

ANTONIO. PACVVIO. F. FECIT. SVO.

ET. ERENNIO. FILIO. SVO. PI

ISSIMO. IMP. TRAIANI. CAE

SARIS. AVGVSTI. GERMANI.

G. SERVO. DISPENSATORI. MONTANIANO.

On avoit figuré un serpent autour de l'œuf hiérogly-
phique dans le temple des Dioscures, comme un emblème

A *Blenheim*, il y a quelques bustes peu remarquables : les pierres gravées qui viennent
de la *Collection d'Arundel* sont les plus précieuses dans celles du duc de *Marlboroug*.

M. Robert Walpole, chargea Brettingham de
lui procurer quelques bustes qui sont en général d'un bon style ; ils sont actuellement à
Houghton, chez lord *Cholmondley*.

Ceux rassemblés par son fils, *Horace Walpole*, leur sont beaucoup supérieurs, et peuvent
aller de pair avec ce qu'il y a de meilleur en
ce genre en Angleterre. Les bustes en basalte et
en bronze de *Jupiter Sérapis* et de *Caligula*,
et particulièrement *l'aigle* en marbre qu'on a
trouvé en 1742 dans les bains de Caracalla à
Rome, sont parfaits.

Les statues antiques de *Junon* et de *Cérès*
de M. *Richard Hoare* à *Stourhead*, ne sont
point inférieures à l'*Hercule* de *Rysbrack*,
quelque beau qu'il soit.

M. *Anson*, à *Shuckborough*, dans le comté
de Stafford, possède une très - belle collection (1).

_____

du renouvellement à la vie; c'est pour la même raison
que le serpent est l'emblème d'Æsculape, et est devenu
l'attribut mythologique de la Médecine. *D.*

(1) M. Pennant, dans son *Voyage de Londres à*

Feu le marquis de *Rockingham* a placé beaucoup de bustes et de statues à *Wentworth*,
dans le comté d'Yorck.

On voit à *St.-Ann's-Hill* les bustes de *Sapho* (1), de *Trajan*, de *Cicéron* (2) en jaune de
Sienne, et celui de *Démocrite*, qui ont été apportés, par M. Foy, d'une maison de Kings-
gâte dans l'île de *Thanet*, que feu le lord
Holland avoit fait bâtir d'après ce qu'on sait
du plan de la *villa Formiana* de Cicéron, à
Baiæ.

Parmi le peu de monumens qui appartiennent à lord *Besborough*, à *Roehampton*, on
remarque le torse de *Vénus*, que son premier
possesseur, le baron de Stosch, l'un des plus
grands connoisseurs de son temps, estimoit autant que la Vénus de Médicis.

Il y en avoit un autre en Angleterre qu'on
plaçoit à-peu-près au même rang: ce torse avoit
été restauré par Wilton lorsqu'il appartenoit au
duc de Richemond; mais il fut malheureuse-

Chester, fait mention des statues d'Adonis, de Thalie,
et de celle de l'empereur Trajan dans l'attitude de haran-
guer son armée. *D.*

(1) *Suprà*, p. 113. *A. L. M.*

(2) *Suprà*, t. I, p. 289.

ment brûlé dans sa maison de *White-Hall*; il avoit appartenu à M. W. Lock, ainsi qu'une magnifique *tête d'Atalante*, qui a péri par le même événement.

Lord *Yarborough* possède quelques antiques, entre autres une *tête de Niobé*, qu'on attribue à Scopas (1). Cette tête lui avoit été donnée par lord Exeter : elle est de beaucoup supérieure à la tête de la Niobé du célèbre groupe de Florence.

Le lord *Camelford* avoit rassemblé plusieurs belles statues, parmi lesquelles on remarque une *Nymphe des Fontaines*.

Les marbres de M. *John Macpherson* sont peu nombreux; ils consistent en une vingtaine de têtes mutilées et deux petites figures qui sont imparfaites.

M. *William Strickland,* près de *Scarborough,* possède environ douze pièces qui ont été choisies avec goût et qui sont dignes d'attention.

M. *Brand Hollis,* près de *Chelmsford,* dans le comté d'Essex, possède environ une vingtaine

----

(1) Je crains que cette décision ne soit un peu téméraire ; il faut alors que cette tête surpasse encore en beauté et en expression celle de la Niobé du Musée de Florence. *A. L. M.*

de marbres antiques , parmi lesquels il y a des
bustes, des têtes, des sarcophages, des urnes sépulchrales, etc., d'un grand mérite et d'une
grande variété.

La collection de *Vases étrusques* (1) qui ont
été vendus par M. *W. Hamilton* pour le *Musée Britannique*, en 1772, a été achetée par
le Gouvernement (2) pour 8000 liv. sterlings ,
d'après un décret du Parlement. La plus riche
collection d'Angleterre, après celle-ci, étoit
celle que lord *Cawdor* avoit formée ; elle a été
vendue à l'encan en 1800 (3).

M. *Greaves* a dernièrement rapporté de
Rome quelques vases de la plus grande beauté.
Ce doit être un grand sujet de regrets pour les
amateurs en général qu'une partie de la seconde

_____

(1) *Voy.* sur les vases dits *étrusques* , au t. I, p. 192 ,
note 2. *A. L. M.*

(2) Cette collection est celle qui a été publiée par
M. d'Hancarville , en 4 vol. *in-folio*.

(3) Un grand vase de *Nola* fut vendu 47 liv. sterl., et
un autre plus grand, *pareil* à un vase du Vatican, 68 liv.
sterl. *D.*

Par ce mot *pareil* M. Dallaway entend sûrement parler de la forme , car pour la peinture il n'y a pas de vase
qui ressemble exactement à un autre , même quand on a
représenté le même sujet sur tous les deux. *A. L. M.*

collection que M. *William Hamilton* avoit formée pendant son long séjour à Naples (1), ait été perdue par le naufrage du vaisseau de guerre *le Colossus* (2), qui a péri près des îles Scilly en 1798 (3).

---

(1) C'est celle qui a été publiée en 4 vol. *in-fol.* 1791, 1797. Les planches ont été dessinées par M. TISCHBEIN, et gravées par M. CLENER; les explications ont été données par M. ITALINSKI. *A. L. M.*

(2) De vingt-quatre grandes caisses contenant des antiques, huit furent confiées au Colossus, et ont été submergées, après avoir été enfouies dans les ruines d'Herculanum et de Pompeii pendant plus de deux mille ans. *D.*

(3) Les caisses qui ont été perdues ne contenoient pas les vases les plus importans. La seconde collection de M. Hamilton est actuellement à Londres; elle a été achetée par M. HOPE, jeune homme très-distingué, qui joint des qualités aimables à la noble passion des arts et à un goût éclairé pour les monumens de l'antiquité. Il a payé cette collection 4500 guinées. Il en avoit acheté beaucoup d'autres dans différentes occasions, entre autres les plus beaux de ceux qui appartenoient à M. de Paroi, parmi lesquels se trouve le vase précieux qui représente l'*expiation d'Oreste par Minerve et par Apollon*, dont j'ai donné la figure et la description dans mes *Monum. antiq. inéd.*, t. I, pl. XXIX et XXX, p. 263. J'y ai aussi décrit et figuré, t. II, pl. I et II, p. 15, un vase très-singulier qui représente le *combat de Thésée contre le Minotaure*; il est

Les petits bronzes ægyptiens, étrusques et grecs les plus précieux, sont ceux du cabinet de M. *R. P. Knight* : son *Jupiter* et son *Mercure* n'ont rien d'égal en ce genre en Angleterre.

M. *J. S. Hawkins* a rapporté dernièrement du Levant une *patère* en bronze, qui a été trouvée avec onze autres à Dodone. Le sujet qu'elle représente est *Pâris et Hélène*, ou bien *Adonis et Proserpine* aux enfers, ou *Vénus et Anchises* (1): l'exécution est du meilleur style.

Un bas-relief représentant Niobé et ses enfans, qui avoit été trouvé près de Naples, et que le roi de Naples envoyoit au roi d'Espagne, a été pris en mer et acheté ensuite par feu M. *Thomas Robinson*. Ce sujet, comme nous l'apprend Winckelmann (2), est

---

accompagné d'inscriptions grecques. Outre ces vases, M. Hope possède encore une collection choisie de statues et de bustes qu'il a achetés en Italie. *A. L. M.*

(1) Il pourroit en effet exister quelque équivoque entre Pâris et Anchises, Hélène et Vénus ; mais Adonis ne peut être confondu avec ces premiers, puisqu'on ne lui donne jamais le bonnet phrygien. *A. L. M.*

(2) *Monum. inéd.*, t. II, p. 119. Il y a seulement à Rome deux bas-reliefs qui représentent ce sujet si fré-

extrêmement rare. Ce marbre est infiniment supérieur à celui de Wilton, ou à tout autre représentant le même sujet, qui soit en Angleterre : il est actuellement dans la possession de
J. B. S. Morritt, écuyer à Rokeby, dans le
comté d'York.

Lord *Cawdor* possède un bas-relief représentant une *femme qui porte une guirlande
vers un temple ;* il étoit d'abord dans la collection Negroni, et a été vendu cent treize guinées.

Pendant ces trente dernières années depuis
que le goût pour la sculpture antique a prévalu
en Angleterre, plusieurs collections ont subi le
sort commun à toutes les propriétés, celui de
changer de maîtres.

M. *Lyde Brown* (1) a cédé souvent des
marbres pour faire de nouvelles acquisitions ;
ou il a fait des échanges ; il a vendu enfin sa collection entière à l'agent de l'impératrice de Russie,

---

quemment traité par les poètes; ils sont dans la villa Borghèse et dans la villa Albani. *D.*

L'un est en effet dans la villa Borghèse, voyez *villa
Pinciana,* stanza 16, pl. 1 ; mais l'autre est dans le Musée
Pio-Clémentin. Voy. *Museo Pio-Clement.,* t. IV, pl. XVII;
aujourd'hui au *Musée Napoléon ,* n°. 109. *A.*°*L. M.*

(1) On a imprimé, en 1787, un catalogue de cette collection , qui étoit à Wimbledon. *D.*

qui l'acheta 23000 (1) liv. sterlings. On y remar-
quoit un buste de *Lucius-Vérus*, singulièrement beau.

A la vente de M. *Chace-Price*, on distingua
une *Vénus salutifere*, et plusieurs vases d'un
grand prix.

Parmi les statues de M. *Beaumont*, on citoit
un *Cupidon*, et l'*Aigle* en marbre qui est actuellement dans le Musée de M. Townley (2);
il y avoit aussi une Vénus colossale et une autre
de petites proportions.

Lorsque M. *Jennings* vendit les monumens
qu'il avoit acquis à Rome, M. *Duncombe*, du
comté d'York, acheta un *Chien* semblable à
celui de Florence, pour la somme de 1000 liv.
sterlings.

Un *Athlète*, des premiers temps de la sculpture grecque, a été vendu dans le même temps
à lord *Cadogan*.

---

(1) Cette somme devoit être payée par l'impératrice
de Russie, ou son agent, qui fit banqueroute quand
M. Brown n'avoit encore reçu qu'un premier à-compte. La
magnifique Catherine se refusa à toutes les sollicitations
qui lui furent faites pour l'indemniser, et elle se préva-
lut de la livraison des marbres pour les garder. *D.*

(2) *Suprà*, p. 68. *A. L. M.*

M. *Duncombe* possède aussi un *Discobole* de la collection de M. *Lock*, dont il y a une répétition au *Mus. Pio-Clem.* (1). Le Discobole de M. Townley est représenté lançant le disque, et penché en avant avec le bras gauche en arrière ; le Discobole de M. Duncombe a déjà lancé le sien, et son bras droit est encore étendu comme dans l'attente du succès de son coup, et il a un autre disque dans la main gauche.

Quelques marbres rassemblés par lord *Vere* à *Hanwort*, ont été vendus en 1798.

Lord *Bateman* a un *Mercure*, et lord *Exeter* a un *Bacchus*, qui tous deux feroient honneur même à une collection d'Italie.

L'Angleterre possède quelques vases d'une élégance et d'une exécution extraordinaires. Le vase *Barberini*, actuellement au duc de Portland, a été admirablement décrit par le docteur *Darwin* (2). Il existe au château de Warwich un autre vase extrêmement grand et beau ; il a été envoyé par M. William Hamilton. Lord Cawdor en avoit

_____

(1) Tome II, pl. xxvi. *A. L. M.*

(2) Le vase Barberini a été décrit par Lumisden, *Ant. de Rome*, p. 68; par d'Hancarville, M. Wedgewood, et dans dix-sept autres ouvrages. Le sujet a évidemment rapport aux mystères Eleusiniens. *D.*

On ne peut dire que ce sujet ait évidemment rapport à

un autre d'une sculpture supérieure et presque
aussi grand, qui a été trouvé dans les ruines du
palais d'Hadrien, et apporté de la villa Lanti : il
a été vendu sept cents guinées. Le *Vase nuptial*
de Wilton (1) et les autres vases dont j'ai déjà fait
mention dans les catalogues de MM. *Townley*
et *Blundel*, font honneur aux collections qui
les possèdent.

Jusqu'ici je me suis borné à parler des antiques ; mais il existe aussi en Angleterre plusieurs monumens des arts après leur rétablis-
sement en Italie, tels que des bronzes jetés
d'après les statues les plus célèbres : je n'en
parlerai que légèrement, et je me bornerai à
une simple énumération.

Henri Howard, comte de Surrey, seigneur
aussi brave que galant, ayant remporté le prix
des joutes à Florence, le grand-duc lui fit présent
d'un *bouclier* garni en argent : c'étoit l'ouvrage

---

quelque chose ; car, quoiqu'on s'en soit beaucoup occupé,
personne n'a encore pu en donner une explication satis-
faisante. Du reste, ce vase, qui est composé d'une espèce
de pâte de verre antique, fondue et travaillée ensuite au
touret et à la pointe de diamant, ne doit pas être confondu avec les autres vases dont M. Dallaway parle après,
et qui sont de marbre sculpté. *A. L. M.*

(1) *Suprà*, t. I, p. 303.

de *Jean Stradenus*, célèbre artiste de l'école
florentine. La partie convexe représente *Ho-*
ratius - Cocles sur le pont sublicien ; l'autre
partie est ornée de deux sujets, l'un est *Mu-*
cius - Scævola mettant sa main sur un brasier
ardent, et l'autre *Q. Curtius se précipitant*
dans un gouffre. Cette magnifique pièce a vingt-
quatre pouces de diamètre : on la conserve au
château de Norfolk.

A *Strawberry-Hill*, il y a une cloche du
même temps et du même style, qui a été fondue
par *Benvenuto-Cellini.* Lord *Besborough* possède un *buste de Démosthènes* par le même
artiste (1).

Le roi *Charles I* avoit le *Gladiateur* de
la villa Borghèse copié par Bernini ; il fut vendu
300 liv. sterlings. On le voit actuellement à
Houghton. Le groupe de *Neptune et Glaucus*,
qui a fait long-temps l'ornement des jardins de la
villa Negroni à Rome, a passé de sir *Joshua*
Reynolds au lord *Yarborough*, qui l'a donné
à M. *Aufrère*, à Chelsea.

---

(1) Ce buste ne peut être celui de *l'orateur Démos-*
thènes, mais celui qui passoit pour tel ; jusqu'à ce que son
véritable portrait eût été déterminé d'après le buste en
bronze, accompagné d'une inscription, qui a été trouvé
dans les fouilles d'Herculanum. *A. L. M.*

On peut citer ensemble le *Gladiateur Bor-ghèse*, en bronze, qui étoit autrefois dans le parc St.-James, et qu'on voit maintenant à Hampton-Court ; une *Vénus endormie*, à Holkam ; *Hercule*, par *Delveaux*, à Wanstead ; la *Vénus*, les *Flûteurs*, le *Remouleur* (1) et le *Faune* de la galerie Médicis, par *Soldani-Benzi*, à Blenheim. On y voit aussi le modèle de la *Fontaine Bernini*, dans la place Navone à Rome. Lord *Arundel* avoit offert d'acheter l'original. Le *Gladiateur mourant*, copié par *Valadier*, est à Sion-House ; il y en a une répétition à Wilton, ainsi que de l'*Hercule Farnèse :* toutes deux sont exécutées par *Verepoil*. Le meilleur plâtre de *Pâris*, en Angleterre, est la *Vénus de Médicis*, qui est à M. *Lock*, à Norbury-Parc, avec quelques autres plâtres par *Torenti* à Rome. M. *Lawrence* en a fait des répétitions. L'*Hercule-Farnèse*, à Sommerset-House, produit, par le lieu où il est, un effet pareil à celui de l'original (2).

_____

(1) On sait aujourd'hui que cette figure est celle du bourreau ou Scythe, qui se prépare à écorcher Marsyas d'après les ordres d'Apollon. *Voy.* sur ce sujet la savante dissertation de M. BOETTIGER, dans le *Magasin encyclopédique*, ann. 5, t. IV, p. 296. *A. L. M.*

(2) Les statues d'après l'antique, exécutées par les ar-

Les copies d'après des statues de sculpture antique sont rares. M. *Wilton* a terminé à Bleinheim un buste de *Milon de Crotone*, et M. *Bacon* une *statue de Narcisse*, pour laquelle la société d'encouragement des arts et des sciences lui a décerné un prix ; mais le plus heureux produit de cet art en Angleterre est l'*Hercule* de *Rysbrack* dont j'ai déjà parlé. ¹

Antoine Canova, sculpteur vénitien, jouit actuellement à Rome de la plus grande célébrité. Il a fait, d'après l'antique, *Cupidon et Psyché*, *Vénus et Adonis*, *Hercule et Ly-*

---

tistes françois, sont, *Artémise*, *Narcisse et Galatée*, à Versailles, par DESJARDINS ; une *Hamadryade* par LERAMBERT, et *Milon de Crotone* par PUGET, le Michel-Ange de la France. Il y a aussi son groupe de *Persée et Andromède* ; les *Tritons* de MAURY, *Faune*, *Flore*, *Vénus de Médicis* par COYSEVOX. A Marly il y a *Atalante* et *Daphné* par COUSTOU. Les jardins royaux sont peuplés de statues comme les Champs-Elysées ; mais dans la foule on remarque celles que je viens d'indiquer. *D.* — Les statues que M. Dallaway vient de citer ici font sans doute honneur à l'école françoise ; mais aucune n'est copiée de l'antique ; elles sont toutes dues au génie de leurs auteurs. Les sujets sont antiques, mais les figures ne peuvent avoir été copiées d'après aucun monument, puisqu'on n'en connoît pas encore qui leur soient analogues. *A. L. M.*

cas (1). Le héros est couvert de la tunique de Nessus. Les deux premiers ouvrages approchent des chef-d'œuvres des Grecs, quant au caractère et au moelleux ; et le dernier a toute la force des torses ébauchés de Michel-Ange. Le groupe d'*Apollon et Daphné de Bernini*, dans la *villa Borghèse*, est bien inférieur, et Michel-Ange auroit eu, dans Canova, un rival redoutable s'il avoit été son contemporain.

Lord *Cawdor* possède une *statue de Cupidon* qui justifie la grande célébrité de cet artiste.

Conformément au plan que nous nous som-

---

(1) Le célèbre Canova s'est pénétré des beautés de l'art antique, et il en a déployé la connoissance dans la composition de ses ouvrages ; mais il n'a pas asservi son génie à celui des anciens. Les groupes cités par M. Dallaway sont tous originaux, et ne sont pas, comme il le prétend, copiés d'après l'antique. On peut lire sur M. Canova, et sur ses *ouvrages*, un excellent morceau de M. Quatremère de Quinci, membre de l'Institut, inséré dans les *Archives littéraires*, ann. 1804, t. III, p. 3, et un article très-étendu et très-intéressant, composé par M. Fernow, lequel occupe la plus grande partie du premier volume de ses *Rœmische studien*, in-8°., 1806. M. *Georges* Duvernoy en a donné un excellent extrait dans le *Magasin encyclopédique*, année 1807, t. I, p. 86. *A. L. M.*

mes tracé, nous parlerons d'abord des ouvrages
de sculpture moderne que l'on voit à *Oxford*.

Vers l'an 1630, *Hubert le Sœur*, né François, et qui avoit étudié sous le célèbre Jean
de Bologne (1), vint en Angleterre : s'il est vrai
qu'il fut associé avec *Pierre Tacca* pour finir
la *statue équestre de Henri IV*, qui resta non-
achevée en 1610, par la mort de Jean de Bologne arrivée deux ans avant, il devoit être
déjà avancé en âge. On ne peut citer avec certitude que trois de ses ouvrages : la *statue
équestre de Charles I*, un *buste* du même monarque avec un casque, dans le costume romain,
et une statue armée de *William Herbert, comte
de Pembroke*, grand chambellan et chancelier
d'Oxford. Le buste fut donné à l'Université,
vers le temps de la restauration, par T., *comte
de Pembroke*. L'air de la statue est très-
noble, et les proportions en sont justes ; mais
elle est présentée actuellement avec désavan-

___

(1) Le *Caïn et Abel*, par JEAN DE BOLOGNE, dont le roi
d'Espagne avoit fait présent à Charles I, fut donné après
cela à lord Williers, *duc de Buckingham*, qui fit placer
ce groupe dans le jardin de York-House. Dans le carré du
collége de Braze-Nose il y en a une copie coulée en plomb;
elle a été probablement prise d'après cet original. *D.*

tage, parce qu'elle a été reléguée dans une niche très-basse et très-petite de la galerie de peinture. Il est certain que le centre du carré eût été une place plus avantageuse : cette statue, plus grande que nature, étant vue de si près, paroît gigantesque.

La *statue équestre* de Charles I a été originairement exécutée pour le comte d'Arundel en 1633; on en trouve la preuve dans les archives de cette famille. On sait comment elle a été conservée durant l'interrègne, et qu'elle fut érigée à Charing-Cross en 1678 (1). Le Sœur en a fait un modèle d'un pied et un pouce de haut, qui étoit dans la collection royale. Il y a aussi à Stourhead un *buste de Charles I*, coiffé d'un casque romain, par le Sœur.

Francesco Fanelli, de Florence, eut part aussi à la faveur royale. Quoiqu'il fût privé d'un

_____

(1) On voit à *Gothurst,* ancienne demeure des Digbys, deux bustes en bronze qu'on ne peut attribuer ni à le Sœur ni à Fanelli, quoiqu'on sache d'une manière certaine qu'ils ont été faits par l'un de ces deux artistes. Le style de chacun de ces bustes est pourtant différent : l'un est à l'antique, et l'autre dans la manière de Vandyke et dans le costume du temps. Ils représentent *lady Venetia*, l'épouse chérie de *Kenelm Digby. D.*

œil, c'étoit un sculpteur d'un grand talent, mais cependant inférieur à le Sœur. L'archevêque Laud l'employa pour couler les *statues* de *Charles* et d'*Henriette*, dont il décora la nouvelle colonnade qu'il avoit fait bâtir au collége de Saint-Jean, d'après les dessins d'Inigo-Jones. Fanelli reçut la somme de 400 liv. serlings pour ces statues. Plusieurs de ses ouvrages ont un grand mérite, particulièrement la *statue de lord Cottington* et le *buste de son épouse*, dans l'abbaye de Westminster.

Il y a à Gloucester deux figures couchées, en marbre blanc, d'une beauté peu commune : elles représentent l'alderman *Blackleach et son épouse*, et portent la date de 1639. Ce sont des copies exactes d'après Vandyke. Elles sont tellement dans le style des ouvrages de Fanelli, que l'on ne peut hésiter de les attribuer à ce sculpteur. La statue du juge *Bridgemann*, à Ludlow, dans le costume du temps de Charles I, est peut-être aussi de sa main : ni l'un ni l'autre de ces monumens n'ont été réclamés par Nicolas Stone, dans son catalogue publié par M. Walpole, et sont véritablement d'un travail très-supérieur à son talent pour la vérité et l'élégance. Plusieurs petites copies d'après l'antique, citées dans le *catalogue de la collection royale* par *Vanderdort*, ont été dispersées. Vanderdort étoit contemporain d'Algardi ; mais il ne paroît pas qu'ils aient étudié à la même école. La réputation de *Bernini* engagea le roi Charles à lui faire sculpter son buste ainsi que celui de la reine. Le *buste* (1) *du roi* fut vendu par le parlement, en 1652, la somme de 800 liv. sterl. ; il avoit été payé à Bernini 1000 écus romains ; mais la guerre civile l'avoit empêché de commencer celui de la reine. Ce buste ayant été replacé dans le palais de White-Hall, on dit qu'il fut consumé dans l'incendie qui eut lieu en 1697. Plusieurs conjectures sont contraires à cette

---

(1) Ce buste a été fait d'après un portrait de Wandike, dans lequel on voit ensemble la face entière, les trois quarts et le profil. L'observation de Bernini, à la première vue de ce portrait, est citée par les amateurs de physiognomonie. M. Baker, qui le porta à Rome, paya, pour son propre buste qu'il fit faire, la somme de 150 liv. sterlings. Ce buste fut vendu à la vente de M. P. Leley, et est actuellement dans la possession de lord *Hardwicke*.

RYSBRACK a fait un *buste du roi Charles* en marbre, d'après un plâtre de celui de Bernini, pour feu M. *G. A. Selwyn*; celui-ci le légua à mademoiselle *Fagnani*, présentement comtesse d'*Yarmouth*. Le monument de lady *Jane Cheyney* à Chelsea, est pareillement de BERNINI ; il lui fut payé 500 liv. sterl. Il y a un buste de *Charles I* dans la chapelle d'Hammersmith. *D.*

opinion : ce qui est certain , c'est que ce buste a
disparu depuis cet événement (1).

Au collége d'All - Souls , on voit une *statue
du colonel Codrington* , fondateur de la bibliothèque, figuré avec le *sagum* romain, par sir
Henri Cheere. Représenter un soldat anglois en
romain, c'est sacrifier la vérité au goût. On peut
juger de l'effet que produit une sculpture en
grand uniforme par la *statue équestre de Guil-
laume , duc de Cumberland*, que l'on voit dans
la place Cavendish. Quoique M. Walpole ait négligé d'en parler, peut-être parce que l'artiste
étoit vivant, Cheere s'est montré dans cet ouvrage au-dessus du médiocre.

Oxford possède peu d'ouvrages de Rysbrach
et de son rival Roubillac ; ceux de ce dernier
sont inférieurs à d'autres de lui qui sont à Cambridge. La *statue du docteur Radcliff* par *Rysbrach* est d'une grande ressemblance, mais elle
manque de grace. La *statue de M. Lock* à Christ-
Church par *Roubiliac*, est chargée d'une draperie qui n'a ni le style antique ni le caractère moderne. M. Walpole ne nous a point

(1) Charles , to late times , to be transmitted fair ,
Assigned his figure to Bernini's Care.

POPE , *Epist. Horat.* , **Ep. 1** , 380.

instruits de quelle école de sculpture étoit Rysbrach ; il parut en Angleterre vers l'an 1720 ,
dans le temps où les sculpteurs de Paris , particulièrement *Le Pautre* , *Vancleve* , *Bouchardon* et *Le Gros* jouissoient de la plus
grande réputation , et avoient beaucoup d'é-
lèves. Leur genre maniéré , que l'on remarque
dans les statues des jardins royaux , corrompit
le goût. Quelle que soit l'école où Rysbrach
ait puisé les premiers élémens de son art, ce fut
en Angleterre qu'il déploya les talens d'un
grand maître. Sa *statue en bronze du roi Guil-
laume* (1) à Bristol , et le *monument de l'évé-
que Houg* , dans la cathédrale de Worcester ,

---

(1) C'est la meilleure en Angleterre. Il n'existe que
deux statues équestres antiques : le *Marcus-Aurélius* en
bronze , à Rome , et la statue en marbre de *Marcus-Non-
nius-Balbus* , à Naples. La France, avant la révolution ,
ne possédoit que *Henri IV* , par JEAN *de Bologne* , à Paris ; *Louis XIV* , par GIRARDON , à la place Vendôme ; le
même , à Dijon , par le HONGRE , à Rennes par COYSE-
VOX ; *Louis XV* , à Paris , par BOUCHARDON , et à *Bor-
deaux* , par LEMOINE. Dans la place *Berkeley* , en Angleterre, il y a une *statue équestre* de *Georges III* , par WIL-
TON. *D.* — M. Dallaway oublie la statue de *Louis XIII* ,
à la place Royale, et celle du connétable *Anne de Mont-
morenci* à Chantilly. *A. L. M.*

sont les morceaux que je regarde comme ses chef-d'œuvres. Rysbrach fut généralement heureux dans le choix des attitudes de ses principales figures, particulièrement dans celle de ce prélat: le seul défaut qu'on pourroit reprocher à cet artiste dans le *monument de MM. Nightingale*, ou celui du *général Wade*, dans l'abbaye de Westminster, est un air un peu théâtral. Dans ses ouvrages l'attention est rarement détournée des figures principales par les accessoires, comme on l'observe dans plusieurs compositions modernes, et le fini parfait de ses draperies est admirable.

Les bustes sortis de ses mains sont *Jean Baillol*, roi d'Ecosse, au collége de Baillol; *Alfred*, à l'Université, terminé par *Wilton*; *Gibbs*, l'architecte, dans la bibliothèque Radcliff; le docteur *R. Friend*, l'archevêque *Boulter*, et, je le présume, les bustes de *George I* et de *George II*, à Christ-Church.

Roubiliac étoit né à Lyon. Cette ville a donné la naissance à plusieurs célèbres sculpteurs françois; *Coisevox*, *N. Coustou* et *L'Amoureux*, le contemporain de Roubiliac, et probablement son condisciple sous Coustou. Tous les ouvrages de cet artiste manquent de simplicité et ont un certain air françois, défaut dont la célèbre *statue* de *Newton*, au collége de la Trinité à Cambridge, n'est point exempte.

A Christ-Church sont les beaux bustes du *Docteur Mathieu Lee*, du *Docteur R. Frewen*, et celui du fondateur de All-Souls.

L'Angleterre a toujours encouragé les grands artistes étrangers en sculpture et en peinture, sans avoir produit des hommes d'un mérite égal, jusqu'au moment où parut *Grinling Gibbons*(1), dont la *statue en bronze de Jacques II*, actuellement place d'Ecosse, est dans le vrai style romain. Pour les ornemens délicats sculptés en bois, Gibbons n'a point d'égal. Ses ouvrages en ce genre sont nombreux; mais les meilleurs sont à Petworth, chez lord *Egremont*; à Windsor, et à Holm Lacey, chez le duc de *Norfolk*. La chapelle du collége de la Trinité à Oxford, offre des preuves convaincantes de son génie. Au reste, les ouvrages de MM. *Bacon*, *Banks*, *Nollekins*, *Wilton* et *Flaxman*, nous dispenseront à présent d'avoir

(1) Les noms de *Nicolas* STONE et *Francois* BIRD ne doivent pas être totalement passés sous silence, comme sculpteurs nés en Angleterre; cependant leurs ouvrages à Oxford annoncent l'état d'imperfection de la sculpture dans ce royaume, à l'époque où ils étoient regardés comme les meilleurs artistes de leur pays. *D.*

totalement recours aux artistes étrangers (1);
un buste de Sa Majesté régnante, à Christ-
Church (2), par *Bacon*, possède toute la vigueur du style de Bernini.

Dans le vestibule à All-Souls, il y a une *statue
du juge Blakstone*, qui est pleine d'expression
et de dignité ; il est représenté assis, vêtu des
habits caractéristiques de la magistrature. Bacon s'imposa une rude tâche, en s'attachant à
figurer minutieusement la perruque énorme
et la quantité d'hermine que l'on voit dans cette
statue; et si l'on ne peut pas se dispenser totalement de suivre une certaine convenance dans les

(1) Malgré les talens distingués des artistes vivans cités
par M. Dallaway, l'Angleterre ne peut encore se vanter
d'avoir une école. La grande quantité de belles sculptures indiquées dans cet ouvrage seroit très-propre à former
le goût; mais ces précieux monumens de l'art sont dissé-
minés dans un grand nombre de maisons de campagne où
les artistes n'ont pas un accès assez facile. *A. L. M.*

(2) Il y en a d'autres à l'hôtel Sommerset dans les salles
de la Société royale, de l'Académie et de la Société des
antiquaires.

On dit que Lemoine, sculpteur du roi Louis XV, depuis 1730 jusqu'à 1773, faisoit chaque année trois ou
quatre bustes de ce Monarque : ils étoient envoyés dans
différentes parties de la France. *D.*

accessoires, il seroit d'un effet plus heureux dans quelques circonstances de ne pas s'y astreindre avec trop de rigueur. La sculpture cependant n'admet aucun milieu entre le costume antique et le costume du temps ; l'habillement de fantaisie donné par Kent à *Shakspeare*, dans l'abbaye de Westminster, et au *duc de Sommerset* à Cambridge, vêtu comme s'il avoit existé sous le règne de Charles I, sont des inconvenances. Les *statues de Johnson* et de *Howard*, toutes deux de *Bacon*, sont chacune dans un style opposé. Ce philosophe est dans le costume athénien, et plutôt gigantesque que colossal (1) ; tandis que la tête du philanthrope est frisée comme celle d'une personne de notre temps.

Lorsqu'il s'agit de transmettre à la postérité la représentation, en marbre ou en métal, des

---

(1) *Jean - Baptiste* PIGAL étoit célèbre pour ses connoissances anatomiques. Il saisit l'occasion d'un monument qu'on vouloit élever à Voltaire encore vivant, et consentit à faire sa statue, pourvu qu'elle fût absolument dépourvue de draperies. Il exécuta scrupuleusement, d'après nature, la plus maigre, la plus laide et la plus dégoûtante figure qu'on puisse imaginer. Dans la *statue de Johnson* on découvre l'auteur athlète qui jette un in-folio à la tête d'un libraire, avant de songer au *Rambler*. *D.*

personnes distinguées , nous devrions suivre
l'exemple et l'usage des anciens, qui , sans avoir
égard à une chose aussi futile et aussi variable
que le costume du temps , ne présentoient à
l'imagination que les vertus ou le génie des personnes dont ils retraçoient la ressemblance. Les
Romains sur - tout donnoient fréquemment à
leurs portraits les attributs et les vêtemens de
leurs divinités.

On devroit consulter autant la nature des matériaux que les moyens de l'art. La coiffure bou-
clée peut dater du temps de l'empereur *Othon*,
qui fut le premier qui porta une perruque ; et le
faux toupet placé sur le front de l'impératrice
Faustine, peut entrer en parallèle , pour la lai-
deur , avec la perruque de sir *Cloudeley-Scho-
vel* , dans l'abbaye de Westminster (1). La simplicité de l'antique nous offre un modèle toujours sûr. Mais l'amour de la nouveauté et l'affectation de l'école françoise , dont Bernini
lui-même n'est pas exempt, ont fait un grand

_____

(1) *Voyez* la savante histoire des perruques , écrite en
allemand par M. Nicolai: le *Magasin encyclopédique*,
ann. 1805 , t. V, p. 5 , en contient une excellente et
longue analyse qui a été donnée par mon ami M. Winckler.
A. L. M.

tort à la sculpture. Le costume ecclésiastique offrant de larges plis, des cheveux flottans et de la dentelle, est le vêtement moderne qui convient le mieux à cet art. Plusieurs statues des papes, à Saint-Pierre, sont dans un style grand et pur, particulièrement celle de Rezzonico (Clément XIII), par Antoine Canova (1). Au lieu de le représenter pontificalement assis, comme sont tous les autres, l'artiste l'a figuré à genoux, et sa noble contenance exprime la plus humble adoration. Mais le grand costume d'un juge anglois présente une difficulté insurmontable, et peu d'artistes auroient aussi bien réussi que Bacon.

A Christ-Church sont les bustes du *général Guise*, de *l'archevéque Robinson*, de *l'évêque Barrington*, etc.; et au collége de Pembroke il y en a un du *docteur Johnson*, tous faits par Bacon, et finis avec beaucoup de soins.

Nous devons à cet artiste de grands progrès dans la sculpture sépulchrale, et, quoique l'idée de représenter les vertus des personnes décédées par des figures emblématiques ne soit pas de son invention, il a toujours employé l'allégorie

_____

(1) *Voy.* le *Magasin encyclopédique,* ann. 1807, t. I, p. 100. *A. L. M.*

avec un judicieux discernement. On a jugé convenable de ne charger la tombe d'un pape d'aucun éloge : ce sont toujours des figures allégoriques qui représentent leurs vertus. Cet usage
date de la renaissance des arts, vers le seizième
siècle. De ces nombreuses figures représentant
les vertus, la meilleure est celle de la Justice sur
le *monument de Paul III*, par *Guglielmo della
Porta*. La *Peinture* , sur la tombe *de Michel-
Ange* , dans l'église de Sainte-Croix à Florence,
par *Battista Lorenzo* , et celle du tombeau du
cardinal de Richelieu (1), dans l'église de la
Sorbonne à Paris, laquelle représente la *Science*,
par *F. Girardon* , ont aussi une grande réputation.

Bacon a été très-heureux dans ce genre de
composition ; on lui reproche seulement de s'être
un peu répété. Ses figures emblématiques ont
presque toutes le même degré de perfection. Ses
ouvrages sont dans l'abbaye de Westminster (2),
dans l'abbaye de Bath (3) et dans la cathédrale de
Bristol , où le tombeau qu'il a exécuté pour

---

(1) Actuellement au Musée des Monumens français ,
n°. 174. *A. L. M.*

(2) Le monument de *miss Wyttel. D.*

(3) Celui de *lady Miller. D.*

M. Elizabeth Draper (l'Eliza de Sterne) est d'une aimable simplicité. Il y en a un dans le même lieu qui a été dessiné par l'*Athénien Stuart* (1) pour madame *Mason*, femme du poète (2) : je donne la préférence à ce monument.

Un des derniers ouvrages de Bacon est le *monument* pour *M. Whitebread ;* il est d'une belle composition ; la figure de la Bienveillance, dont l'artiste a encore fait usage, mais dans une attitude différente, est digne de l'antiquité. Nous devons cependant avouer que le dessin n'appartient pas à Bacon. La figure principale qui succombe et qui est soutenue par la Religion, est presque, au costume près, une répétition du groupe de Girardon que j'ai cité. La Bienveillance est substituée à la Science. Girardon avoit un fini plus parfait que Bacon, qui malheureusement n'avoit jamais visité l'Italie, et ne paroît pas avoir connu le beau idéal. Ses figures de femmes sont fidèlement imitées de la

(1) M. Dallaway désigne par ce mot le célèbre architecte à qui nous devons la connoissance la plus exacte des plus beaux monumens d'Athènes. *A. L. M.*

(2) Auteur d'un poëme sur les Jardins, et d'autres bons ouvrages. *A. L. M.*

belle nature. Un autre ouvrage, à peine achevé au temps de sa mort, doit lui assurer une éternelle renommée pour l'originalité et le bon goût; c'est le *cénotaphe* dernièrement érigé à l'abbaye de Westminster pour le *poéte Mason* (1) : une Muse tient son médaillon; elle est penchée sur un autel antique, sur lequel sont sculptés en relief une lyre, un masque tragique, et une guirlande de lauriers, le tout de la forme la plus correcte, et comme on les voit sur les anciens sarcophages des bons temps.

Pour revenir aux statues d'Oxford; celles par *François Bird*, à Christ-Church, sont d'un moindre mérite, et l'on croiroit difficilement que celle du *docteur Busby*, dans l'abbaye de Westminster, soit de sa main. On voit dans la galerie de peinture les *bustes de Newton* et de *Christophe Wren*, par *Edouard Pierce* l'aîné, élève et aide de Bird ; ils annoncent quelques progrès, relativement à l'état des arts à cette époque.

On voit depuis peu dans cette galerie une tête d'une jeune Bacchante (2) dans le style an-

---

(1) *Suprà*, p. 163.

(2) Il y a pour inscription :

ΑΝΝΑ ΣΕΙΜΟΡΙΣ ΔΑΜΗΡ ΕΠΟΙΕL

tique; elle est remarquable non-seulement par
sa beauté, mais encore comme un ouvrage de
mistriss *Damer*. On a cependant vu rarement
le maillet et le ciseau dans la main des Graces.
Chez les anciens, aucune femme sculpteur n'est
parvenue à un degré de talent assez distingué
pour être citée ; mais à la renaissance des arts
on vit paroître une femme très - extraordinaire.
Propertia de Rossi étoit née à Bologne vers la
fin du quinzième siècle ; l'histoire de cette artiste est d'un grand intérêt (1). Propertia fut
non-seulement habile en sculpture, mais elle
possédoit aussi, dans un degré éminent, l'art
de la musique et de la peinture. Ses premiers
ouvrages furent des ciselures sur bois et sur
des noyaux de pêches : il y en avoit douze dans
le cabinet du marquis Grassi à Bologne ; sur
un côté de chacun étoit représenté un apôtre,
et sur l'autre il y avoit diverses figures de
saints. Ces essais lui ayant valu beaucoup d'é-
loges, elle donna une preuve de son génie
dans la composition de deux *anges* en marbre

_____

(1) VASARI., v. I, p. 171, édit. 1568, en a donné un
portrait gravé en bois, et d'une ressemblance douteuse.
Le *Dictionnaire des Peintres*, de PILKINGTON, ne fait
aucune mention d'elle. *D.*

qu'elle fit pour le fronton de la cathédrale de Saint - Petrone : on admira aussi un buste du comte *Guido Pepoli*. Les règles de la perspective et de l'architecture lui étoient familières, elle a esquissé plusieurs dessins pour ces deux arts ; cependant, avec tous ces talens et une réputation qu'aucune personne de son sexe ne pouvoit rivaliser, Propertia fut extrêmement malheureuse. Mariée très-jeune et sans amour, elle avoit fixé son affection sur un homme dont le cœur fut entièrement insensible pour elle. Comme le chagrin minoit journellement sa santé, elle entreprit un bas - relief représentant *l'histoire de Joseph et de la femme de Putiphar :* elle vécut encore assez de temps pour le finir, et mourut jeune en 1530. Cette sculpture étoit à-la-fois un monument de son amour sans espoir (1) et de son habileté dans son art. Si cet ouvrage existe encore, cette circonstance (2) doit le rendre plus intéressant pour celui qui le possède.

Mistriss *Damer* a étudié les premiers élémens

(1)   Infandum si fallere possit amorem.

Æneid. iv , 85. *D.*

(2)   *Non me Praxiteles fecit at Anna Damer. D.*

de l'art sous Ceracchi; et il l'a représentée comme
la Muse de la Sculpture : elle a suivi depuis l'é-
cole de Bacon. M. Horace Walpole a beaucoup
loué les deux jeunes chats, les chiens qui se bat-
tent, et l'aigle (orfraie) en terre cuite qui sont à
Strawberry-Hill, où elle demeure. Ces ouvrages
sont mis au nombre de ses premiers essais, et
promettoient déjà le talent qu'elle a acquis dans
la suite (1). Une *statue du roi régnant,* plus
grande que nature, à Edimbourg; celles de
lady Melburne, et de *lady Elizabeth Foster,*
d'une ressemblance admirable, et remplies de
grace; celle de *madame Siddons* dans le caractère de Melpomène; les têtes de la *Tamise* et
d'*Isis,* pour le pont d'Henley; un superbe
lévrier (2), et la Bacchante que j'ai citée, sont
des ouvrages qui pourroient assurer la réputa-

---

(1) Long with soft touch shall Damer's chissel charm
  With grace delight us, and with beauty warm—
  Foster's fine form shall hearts unborn engage
  And Melburne's smile enchant another age.

DARWIN. *D.*

(2) Exposé dans l'Académie royale en 1799, avec l'inscription suivante :

ΑΝΝΑ. ΣΕΙΜΟΡΙΣ. ΕΠΟΙΕΙ. ΔΑΜΗΡ. ΤΟΥΤΗΙ. ΠΙΣΤΟΝ.
ΑΥΤΗΙ. ΚΥΝΑΡΙΟΝ.

tion d'un artiste de profession : aussi ces belles productions de son génie lui mériteront-elles l'admiration de la postérité.

Mistriss Damer n'a point de rivale comme statuaire ; mais plusieurs autres femmes modèlent en terre cuite (1) : ce n'est pourtant pas une partie de l'art sans difficulté.

La première actrice tragique du théâtre anglois, madame *Siddons*, a exécuté son propre *buste* et celui de son frère *M. John Kemble*, avec une vérité et un effet étonnant. Miss *Boyle*, actuellement lady *E. Fitzgerald*, miss *Ogle*, feue mistriss *Wilmot*, et miss *Andrass*, ont mérité l'admiration des gens de goût.

L'objet de cet ouvrage est plutôt de donner des détails circonstanciés des collections des amateurs anglois et des trésors de l'antiquité que l'Angleterre renferme, que de parler de ceux des sculpteurs modernes. L'immense collection de tombeaux de l'abbaye de Westminster offre un champ trop vaste aux éloges et à la critique, pour en rien dire ici. L'admirateur du pur antique, en jetant un coup d'œil sur cette multitude

----

(1) *André* Verocchio, qui mourut en 1448, fut le premier qui inventa et pratiqua le moyen de mouler les figures en plâtre. *D.*

de monumens, sera grandement trompé dans
son espoir. Bacon, pour le dessin et l'exécution,
et Stuart, pour le dessin seulement, ont osé
s'écarter de la manière françoise, introduite
avec tant de succès par Ryssbrack et Roubiliac, dont les ouvrages sont chargés d'images
théâtrales ; l'idée de donner un corps à des
idées métaphysiques n'est pas toujours heureuse.

Le monument de Bacon pour le *poète Gray*
est dû au dessin de son ami *Mason*. Celui de
lord Chatam offre certainement un groupe
majestueux. La *Britannia* est la ville de Rome,
et la *Tamise* est le Tibre du Capitole ; ils ont
été reproduits avec des changemens, et des attributs nouveaux. Le monument de *lord R. Man-
ners* offre l'idéal de Neptune, et la *statue de
Catherine lady Walpole* a été faite à Rome
par *Valory*, d'après la célèbre *Livia* ou *Pudicitia*, de la villa Mattei.

Le dessin de Stuart pour le *Monument du
général Watson* est original, et composé avec
une simplicité et un goût admirables. Le défaut
de grace et les fautes contre l'anatomie sont
frappantes dans les figures de femmes exécutées par les sculpteurs de cette époque, tandis
que leurs autres productions annonçoient beau-

coup plus de talent. Les génies ont en général
les ailes trop lourdes.

Depuis l'école de sculpture fondée par *Bacon* , *Banks* , *Nollekins* et *Wilson* , aucune
nation, excepté l'Italie, ne peut rivaliser avec
l'Angleterre (1). Parmi les monumens que j'ai
observés à Rome et à Florence , peu m'ont paru
avoir le degré de mérite qu'on se flatte d'y rencontrer. Ceux érigés à Winckelmann et à Me-
tastase, dans le Panthéon de Rome , ne sont pas
supérieurs à plusieurs de ceux qui existent en
Angleterre pour l'élégance et la simplicité.
Cette observation cependant n'a lieu que pour
les monumens de particuliers , et j'en excepte
ceux des papes et des cardinaux.

Nous avons un artiste d'un mérite peu commun ; M. *Flaxman* (2) possède le véritable esprit

-----

(1) Cela pourroit être contesté, du moins relativement
à la France ; mais notre dessein est de publier un ouvrage
qui nous a paru utile pour la connoissance des monumens
de l'art, et non de rien écrire qui ait le caractère de
l'animosité. *A. L. M.*

(2) Il a composé une suite de dessins pris dans les œuvres
d'*Æschyle* et d'*Homère* ; ils ont été publiés. Il y a un
autre ouvrage dont les sujets sont tirés du *Dante :* il
est dans la possession de M. *Hope.* Ces gravures sont
incomparables pour la force et l'originalité. *A. L. M.*

de l'antique , mais plutôt dans le style étrusque (1) que dans le style grec. ; il est le Poussin de la sculpture , et plus il avancera dans son
art , plus il réunira la grace à la correction, et
l'exécution à la vigueur du dessin : il est difficile de rencontrer un bas - relief conçu d'une
meilleure manière que celui qu'on a consacré ,
dans la cathédrale de Chichester , à la mémoire
du *poète Collins.*

Mais , relativement aux arts, notre plus grande
gloire nationale consiste dans l'acquisition d'un
nombre considérable des plus beaux ouvrages
de sculpture antique. Les savans et les amateurs savent ce qu'ils doivent aux personnes qui
ont employé leurs soins et leur fortune pour
former des collections qui sont peu inférieures
à celles des princes d'Italie. Nous n'avons même
pas lieu de porter envie aux François (2) , qui

(1) M. Dallaway désigne toujours par ce mot le plus
ancien style de l'art. *Voy.* t. I , p. 189 , note 3. *A. L. M.*

(2) Nous rendons justice au goût éclairé et à la noble
munificence des seigneurs et des gens opulens de l'Angleterre , qui ont enrichi leur pays de si précieux monumens ; c'est le plus libéral emploi qu'on puisse faire des
dons de la fortune , et nous leur accordons avec plaisir le
tribut d'estime et de reconnoissance qui leur est dû non-
seulement par leurs compatriotes , mais encore par tous

sont devenus maîtres de tant de chef - d'œuvres.

---

les véritables amis des arts ; mais M. Dallaway auroit pu
établir les droits qu'ils ont à l'estime des hommes sans
terminer ce chapitre par une sortie virulente contre les
François. C'est par respect pour lui - même que nous n'a-
vons pas voulu la laisser subsister dans cette traduction.
A. L. M.

TROISIÈME PARTIE.

PEINTURE.

SECTION PREMIÈRE.

Origine de la Peinture en Angleterre. — Ouvrages de lord Orford, de Vertue. — Emaux. — Peinture à fresque particuliè- rement pratiquée par les Ecclésiastiques. — Portraits à fresque. — Vignettes des manuscrits. — Enluminures. — Verres peints. — Portraits sur des vitraux. — Su- jets historiques. — Les Puritains détruisent les vitres. — Restaurations modernes.

Feu le lord *Orford* , mieux connu dans le monde savant sous le nom de M. *Horace Wal- pole* (1) , a donné l'histoire de la peinture en

---

(1) *Anecdotes of Painting in England by* George

Angleterre. Il a su, par la nouveauté de ses remarques et les graces de son style, rendre un sujet, si stérile par lui-même, intéressant pour toute espèce de lecteurs. Il convient que nos premiers essais dans les arts n'ont pas été supérieurs à ceux de nos voisins du Nord à la même époque. Cependant, pour suivre la progression des arts depuis ces temps grossiers jusqu'au moment actuel, il étoit nécessaire de fixer avec précision l'époque de leur introduction en Angleterre, car il n'y a aucune preuve que nous en ayons été les inventeurs. Il combat avec sa candeur ordinaire quelques témoignages de l'existence des arts en Angleterre, que le zèle de *George Vertue* lui faisoit regarder comme authentiques. Lorsque Constantinople étoit au pouvoir des Croisés, quelques émailleurs grecs furent engagés à les suivre en Europe, et trouvèrent en Angleterre la plus généreuse protection. Ils furent employés d'abord à blazonner des armoiries sur des monumens sépulchraux, comme on en voit dans l'abbaye de Westminster, peut-être aussi à peindre celles que les chevaliers portoient sur leurs boucliers;

VERTUE, *digested and published by* Horace WALPOLE; 1762, *in-4°.*

mais il n'existe aucune preuve de cette conjecture. Ces artistes firent aussi des vases richement ouvragés pour le service des autels
et pour les banquets. Il y en a deux très-célè-
bres dont le travail est extrêmement curieux.
Le plus ancien est celui que le roi Jean donna
à la corporation de Lynn, dans le comté de
Norfolk; l'autre est celui qui, selon une ancienne tradition, a appartenu à Thomas Becket;
cette opinion est fondée sur un chiffre et une
mitre qui sont gravés dessus; ce vase est actuellement dans le cabinet du duc de Norfolk. Les
inventaires des pièces d'argenterie données aux
monastères offrent des indications de calices d'un
travail encore plus riche et plus magnifique;
mais les dévastations commises lors de la sup-
pression des cloîtres, ont été cause que nous
n'en avons que des descriptions verbales.

La crosse de William de Wikeham, qui fut
léguée par lui, est à New-Collége; elle est
bien conservée, riche en ornemens, et ma-
gnifiquement ciselée : celles des autres prélats
n'étoient vraisemblablement point inférieures à
celle-ci pour le travail et la richesse (1).

_____

(1) Léguée par le fondateur en 1403. Elle à six pieds
jusqu'au crochet, et six pouces de plus jusqu'au haut Il y

L'art des peintures à fresque sur les murs et les voûtes avec des couleurs composées de gommes résineuses, est très-ancien en Angleterre ; mais comme on ne l'employoit que dans les édifices ecclésiastiques, cet art étoit ordinairement pratiqué par les moines, qui avoient le plus de goût.

Dans la chapelle de Notre-Dame de la cathédrale d'Herford, derrière le chœur, on voit plusieurs dessins à fresque peu inférieurs aux premières esquisses de Cimabue ou de Giotto, et une espèce de grand ouvrage en mosaïque encore intact ; ils sont du temps d'Édouard I, sous le règne duquel plusieurs artistes grecs et italiens s'établirent en Angleterre.

Les peintures à fresque sur les murs étoient une imitation exacte des marbres qu'on employoit en Italie pour les décorations extérieures, à cause de la facilité qu'on avoit de se les procurer. L'extérieur des murs du dôme et du campanile de Florence, est ainsi recouvert de marbres rouge, blanc et noir, disposés en carrés oblongs.

---

en a une gravure très-bien faite dans l'ouvrage de CARTER. *Ancient sculpture. and Painting*, p. 47. D.

Les mêmes artistes introduisirent l'imitation de ces marbres dans les pays où l'on ne pouvoit pas s'en procurer ; parce que c'étoit ce qu'ils connoissoient de plus riche dans le genre de la décoration.

Sous les règnes de Henri III et d'Edouard I, on éleva plusieurs édifices à l'imitation de ceux du nord de l'Italie ; on imita également le travail des châsses, et plusieurs ornemens d'architecture, comme il est facile d'en juger par quelques-uns qui existent encore, et qui, étant de marbre, ont résisté davantage aux injures des temps que ceux qui ont été faits avec une pierre tendre et friable, et d'une couleur qui finit toujours par s'évanouir.

Dans les premiers temps des institutions monastiques, les religieux étoient encouragés à cultiver les arts libéraux ; ils étoient jaloux d'exceller dans celui de l'écriture, alors possédé par très-peu de personnes, et ils enluminoient eux-mêmes leurs missels. On peut conjecturer avec raison qu'ils furent d'abord instruits par des artistes de profession, qu'ensuite ils les remplacèrent, et que les ornemens de l'intérieur des églises furent exécutés par les moines eux-mêmes. Ils fabriquoient sans doute aussi les carreaux de faïence qui servoient pour paver le

maître - autel, et ils parvinrent à exécuter avec
propreté et délicatesse les armoiries, les devises
et les rébus qui étoient alors les sujets ordinaires
de ces compositions.

Un manuscrit très-curieux de la vie des abbés
de Gloucester, répand beaucoup de lumière sur
cette question. L'abbé Wygmore, sous le règne
d'Edouard II (1), est cité non-seulement pour
avoir encouragé les arts libéraux dans son mo-
nastère, mais comme y ayant lui-même ex-
cellé. Il broda de ses propres mains des colombes d'argent sur une chape de satin vert,
pour célébrer l'office de la Pentecôte.

Dans le grand réfectoire, on voyoit les
portraits de tous les rois d'Angleterre avant
Edouard II (2). En jugeant seulement d'après
ce qui en reste aujourd'hui, nous serions tentés
de fixer la véritable époque de l'introduction

---

(1) Dans ce manuscrit (p. 23), on lit : « *Quod in*
» *diversis artibus multum dilectabatur, ut ipse sæpis-*
» *sime operetur, et multos diversos operarios in dicta*
» *arte percoleret* ».

On voit au maître-autel de la cathédrale de Gloucester un beau pavé de briques peintes, qui y a été placé par
l'abbé Sebroke. *D.*

(2) Même manuscrit. *D.*

de quelques-uns des beaux-arts en Angleterre, à plusieurs siècles avant leur véritable
date.

On voyoit autrefois, près du maître-autel du
collége de Merton, une suite de portraits en dé-
trempe. Avant la fin du quatorzième siècle on
a exécuté les portraits de plusieurs princes et
de plusieurs éminens personnages (1); mais ils
ont été détruits par le zèle aveugle des réformateurs.

L'ouvrage le plus authentique et le mieux
fait comme peinture, est le portrait de Richard II dans l'abbaye de Westminster: il passe
pour avoir été retouché par Vandyke. L'événement de la réforme ayant été la cause que
les murs des églises ont en général été repeints,
ce qui reste actuellement de ce genre de peinture n'offre rien que de très-médiocre.

L'art d'enluminer sur le vélin est de la plus
haute antiquité dans ce royaume; on exécutoit
des missels dont les miniatures n'étoient pas uni-
quement consacrées à des sujets de l'Ecriture,
mais ils contenoient aussi les portraits du possesseur du livre et de ses plus proches parens(2).

_____

(1) Wood, *Antiquit. Oxon. D.*
(2) Le *Missel Sherborne*, un des plus curieux de
tous, a été fait en 1339 par le moine *John* Was. C'est un

On en voit plusieurs qui sont très - curieux et d'un grand prix dans le cabinet de Norfolk-House. Dans les siècles suivans, les chroniques et les traductions des auteurs classiques reçurent les mêmes embellissemens, quand ces ouvrages étoient faits pour des seigneurs ou pour de riches particuliers. Il y a dans la bibliothèque Bodléienne un manuscrit du quatorzième siècle, qui est probablement le plus ancien en Angleterre d'un pareil mérite (1). C'est une chronique des

---

in-folio qui contient une grande quantité de portraits parfaitement enluminés, etc. Il avoit passé en France, où il fut acheté par M. de Calonne, et il est devenu depuis la propriété de M. G. Mills. Le duc de Northumberland l'acheta à sa vente 210 liv. sterlings. *D.*

(1) Parmi les manuscrits donnés par l'archevêque Laud, il y a un fragment in - folio qui contient douze très-belles enluminures ; il a pour titre : *cy commence le second volume des Chroniques d'Angleterre*, etc., chapitre XXIX. On suppose que c'est une partie de la Chronique dont Bâle fait mention comme ayant été écrite par *William* PAKINGTON, secrétaire d'Edouard le prince noir, et chanoine de Mapesbury. Comme il n'existe aucune description de ce curieux manuscrit, je me permettrai d'indiquer les peintures dont il est enrichi.

1°. Un portrait de Philippe, roi de France; 2°. un évêque et ses courtisans à genoux, ayant chacun une mouche noire quarrée sur l'œil droit; 3°. l'assaut du château de

guerres et des victoires d'Edouard III. Dans le Musée britannique on conserve un manuscrit de *Froissard*, orné de nombreuses enluminures (1) richement exécutées (2). Le missel donné par Jac-

Sallebrun par les Ecossois : ils sont repoussés ; 4°. « c'est » de la manière et ordonnance de la grande feste et » joustes que le noble roi d'Angleterre fait pour l'a- » mour de la comtesse de Salesburie, etc., chap. XI. » Le Roi est représenté assis sur un trône, entre cinq dames qui portent des bonnets en pain de sucre et des voiles flottans. L'époque du temps est celle de la chute, et par conséquent de la mort de Jean, fils aîné de Henri, vi- comte de Beaumont. Les femmes sont toutes vêtues ma- gnifiquement, à l'exception de la comtesse, « exceptée » madame Alys, comtesse de Salesburie, qui fut le plus » simplement atournée, pour quel ne vouloit que le Roy » s'abandonnoit trop fort à la regarder, car elle n'avoit » volunté ne penser à nul vilain cas, qui en obeissant le » Roy peust torner à déshoneur à son mari ne a elle. » 5°. Siége de Calais ; 6°. Roy d'Empire ; 7°. Edouard le prince noir, entouré de ceux qui le suivent dans les ba- tailles ; 8°. bataille, vues de Coutances et de Guienne ; 9°. un orage surprenant les Anglois à Chartres ; 10°. un traité de paix ; 11°. la bataille de Cressi. *D.*

(1) Manuscrit marqué 4380. *D.*

(2) La Bibliothèque impériale possède plusieurs ma- nuscrits de Froissard, enrichis de miniatures extrême- ment curieuses pour l'histoire de l'art et pour celle des mœurs et des usages des François à cette époque. M. de

quetta, duchesse de Bedford, à son neveu Henri VI, appartenoit à la duchesse de Portland (1).

Les livres donnés à l'université d'Oxford par le duc de Glocester Humphrey, et Jean Tiptoft, comte de Worcester, pour le service de l'église, étoient remplis de morceaux exquis de cet an-

---

Gaignat en avoit fait copier un assez grand nombre. Ces copies sont dans ses porte-feuilles conservés dans le cabinet des estampes de la Bibliothèque impériale. Montfaucon a fait graver plusieurs de ces intéressantes miniatures dans ses Monumens de la *Monarchie françoise*. On auroit dû espérer que la seconde édition de la traduction angloise de Froissard, par M. *Thomas* Johnes, qui a paru à Londres en 1805, contiendroit un grand nombre des plus belles miniatures tirées des manuscrits du Musée britannique et de la Bibliothèque impériale de Paris; l'auteur n'en a cependant publié que treize et d'une manière très-inexacte; encore il n'y en a que cinq ou six qui n'aient pas été données par Montfaucon, et qui ne soient pas des copies des planches de son ouvrage. *A. L. M.*

(1) Ce missel a douze pouces de long sur sept et demi de large; les agrafes sont en or; il échut, par héritage, à la fille du comte d'Oxford, feue la duchesse de Portland. A la vente de son cabinet (le 24 mai 1786), il fut acheté par M. Edouard, libraire, la somme de 213 liv. sterl., sa majesté ayant refusé de mettre sur l'enchère. Goughs, *Sep. mon.*, V., 11, p. 114. *D.*

cien art. Les évêques Gray et Fleming en ont
procuré plusieurs pour les bibliothèques qu'ils
fondèrent dans les colléges de Balliol et de Lincoln : ces livres ne sont guère connus actuellement que par tradition (1).

---

(1) Il ne reste de la donation du duc Humphrey
qu'un Valérius-Maximus très-bien enluminé, WARTON,
Engl. poet. vol. II , p. 45 - 50 ; dans le vol. II, p. 400,
il est parlé de plusieurs Anglois qui transcrivirent des manuscrits à Rome et à Florence. Les Florentins ont été les
meilleurs enlumineurs , et leurs bibliothèques en offrent
des preuves sans nombre, particulièrement les dessins
de leur *Dante*, qui sont dans la bibliothèque *Lauren-
tine*.

Le génie de Michel-Ange étoit si conforme à celui du
Dante , qu'il avoit orné de dessins de sa main les marges de
l'*Inferno* de ce poète. Ce livre, incomparable pour sa valeur, a été perdu entre Livourne et Civita-Vecchia. La première édition du Dante (Florence 1481), fut achetée, pour
le Roi, 85 l. st. , à la vente du docteur Askew : c'est le seul
exemplaire qui existe en Angleterre. Don *Giulio* CLOVIO,
qui mourut en 1578, à l'âge de quatre-vingts ans , étoit
le plus célèbre enlumineur. Il existe dans le Vatican à
Rome plusieurs manuscrits qu'il a ornés de portraits retouchés par le père Ramilli : ils appartenoient aux ducs de
Ferrare.

A Strawberry-Hill, M. Walpole possédoit le missel
de Raphaël et un pseautier peint par Giulio Clovio. Ce

Il existe à Lambeth un manuscrit qui contient les portraits d'Edouard IV, de la reine son épouse, et de son fils ; du comte Rivers, et de l'imprimeur Caxton. Ces manuscrits, lorsqu'ils renferment les images des rois ou de leurs nobles propriétaires, sont d'une grande valeur ; car il n'existe de ce temps aucun portrait d'une pareille authenticité, et il est évident que ceux-ci sont de véritables originaux.

Ce n'étoit pas seulement dans ces manuscrits qu'on trouvoit des portraits. Dans l'exemplaire des Epîtres de Cicéron, imprimées par Jean Faust, qui est actuellement dans la bibliothèque d'Emmanuel-Collége à Cambridge, on voit les portraits de Henri VIII encore enfant, et de son précepteur. Celui de Richard II, à Westminster, et un autre donné par Jacques II à lord Castel-

---

dernier appartenoit à lord Arundel, et fut acheté à Tar-thal par feu le comte d'Oxford. Sa date est de 1557; il a été acheté à la vente de la duchesse de Portland, par M. Walpole, la somme de 169 livres sterlings. Cet artiste employa neuf ans à terminer une peinture de Nemrod bâtissant la tour de Babel, et une fourmi d'une petitesse incroyable, dont tous les membres étoient aussi délicatement dessinés que si on les avoit figurés de grandeur naturelle.

Le général Oglethorpe a donné à Corpus-Collége, à Oxford, une bible françoise parfaitement enluminée. *D.*

máine, actuellement à Wilton , sont probablement ceux de ces princes qu'on peut regarder
comme les plus anciens et les plus ressemblans.

L'invention de la peinture sur verre nous
a transmis plusieurs portraits ; beaucoup ont
malheureusement été brisés. Ils offroient dans
les églises une série généalogique de leurs bienfaiteurs : quelques-uns ont échappé, quoique
dans un état imparfait, aux injures des temps
et à la rage des fanatiques.

M. Walpole cite deux figures couronnées qui
sont, selon lui, Henri III et la reine son épouse;
plusieurs autres avec les cheveux bouclés et
des épingles à tête de perles, passent pour les
portraits des Edouards , de Richard II et de
Henri IV, d'après le costume du temps qu'on
peut remarquer sur leurs monnoies. Les figures debout avec des couronnes et des sceptres,
sont des représentations imaginaires de monar-
ques juifs, relatives à des sujets de l'Ecriture :
lorsque ces figures sont de profil, il n'y a pas
le moindre doute qu'elles sont de pure invention. On peut conjecturer avec raison que les
images d'évêques et d'abbés sont de véritables
portraits ; ils sont représentés tenant leur crosse
dans la main droite, ou dans la main gauche,
quand la droite donne la bénédiction.

Il est difficile de fixer avec exactitude l'époque véritable des sujets historiques qui ont été peints sur verre.

Dans la bibliothèque Bodléienne il existe deux peintures très-anciennes qui ont été données par M. Fletcher, ancien maire d'Oxford. Une d'elles représente la pénitence que fait Henri II pour le meurtre de Thomas Becket (1), et l'autre est

---

(1) On voit dans la cathédrale de Canterbury une peinture à fresque du martyre de Becket, et il est peint sur verre dans l'église paroissiale de Brereton, dans le comté de Chester. CARTER, *Ancient sculpture and paintaing. Archaelog.*, v. X, p. 51.

Dans la partie du nord, à Christ-Church, on voit un fragment du même sujet : un des assassins porte un bouclier au bras. *D.*

La peinture de Canterbury fait voir Thomas Becket à genoux au moment où *Fitz-Curse* vient de lui porter le dernier coup sur la tête ; l'épée a pénétré dans le cerveau, et elle est teinte de sang. Ce Fitz-Curse est distingué par les ours qui sont peints sur sa cotte d'arme ; un autre chevalier, dont la cotte d'arme est armoiriée de mufles d'ours muselés, doit être *Morville*, et celui qui, par la position de son épée, paroît dans l'inactivité, doit être *Brito*, le dernier acteur de cette scène sanglante. *Edward Griwfère*, dont la figure est pleine d'effroi, se tient derrière l'autel ; il tient la croix épiscopale dans ses mains. CARTER, p. 58. *A. L. M.*

simplement un mariage royal. La disposition des figures a quelques rapports avec celles de Henri VI et de Marguerite d'Anjou, à Strawberry-Hill; on ne peut cependant pas affirmer que ce soient celles d'Edouard III, de Henri IV ou de son fils, car on n'y remarque rien qui soit particulier à aucun de ces souverains. Ces portraits étoient autrefois dans l'église de Rollright, dans le comté d'Oxford.

M. Fletcher possédoit aussi les portraits de Henri V et du cardinal de Beaufort; on dit qu'ils avoient été tirés de la chambre du prince à Queen's - College : M. Fletcher les a rendus généreusement à cette société. Parmi la série de portraits connus, on cite ceux de Clares (1) et de Despencers, comtes de Gloucester, à Tewkesbury; les premiers chevaliers de la Jarretière à Stamford (2), dans le comté de Lincoln; les Fitzalans, à Arundel (3), et les Beauchamps, à Warwick (4) : c'est une réunion de plusieurs personnages, dont chacun est caractérisé par un écusson ou une cotte d'arme.

(1) CARTER, *Ancient. sculpture et painting.* D.
(2) *Hist. of the Garter.* D.
(3) *Visit. Sussex;* 1634. *Coll. arms.* M. SS. D.
(4) DUGDALE, Warwick-Shire. D.

Nous devons ces notions à Dugdale et à d'autres savans, qui, dans leurs recherches sur chaque province, ont scrupuleusement dessiné tous les portraits armoriés.

Il y avoit dans la vieille église de Greenwich, un portrait d'Humphrey, duc de Gloucester, avec sa cotte d'armes armoriée : ce sont les seules marques qui peuvent faire reconnoître avec certitude les fondateurs ou bienfaiteurs que l'on voit quelquefois figurés dans les églises paroissiales.

A Balliol et à Queen'-College, on voit plusieurs des plus anciennes figures des ecclésiastiques d'Oxford ; et à All-Souls il y en a quelques-unes de grandeur naturelle ; elles sont bien exécutées, et sont sûrement du temps du fondateur, l'archevêque Chicheley (1).

Dans l'église du prieuré de Little-Malverne, comté de Worcester, sont les portraits d'*Edouard IV*, de la *reine son épouse*, d'*Elizabeth d'York* et de ses *sœurs ;* on les voit pareil-

---

(1) Les portraits originairement placés à All-Souls étoient ceux d'Edouard III, Henri IV, Henri V et Henri VI, Jean de Gaunt, Jean Stratford, et Henri Chicheley, archevêque de Canterbury. A. Wood, p. 486, édit. Gutch. *D.*

lement sur un vitrage donné par ce monarque à la cathédrale de Canterbury. Reginald Bray, favori de Henri VII, et connoisseur en architecture, qui présida à l'érection de sa chapelle à Westminster et à celle de Saint-George à Windsor, bâtit aussi l'église de *Great-Malverne*, où il plaça les portraits de *Henri VII*, de la *Reine*, du *prince Arthur*, de *J. Savage*, de *T. Lovell* et de *lui-même*, vêtu d'une riche cotte d'armes; ainsi qu'on en peut juger par les figures du prince Arthur et de sir Reginald Bray, qui seules ont échappé à la destruction.

Le vitrage de Sainte-Marguerite à Westminster, dont le sujet est *le Crucifiement*, avoit été destiné pour être offert en présent à Henri VII par les magistrats de Dorth. Son portrait, ainsi que celui de la reine son épouse, ont été placés dans le sujet. Cet excellent ouvrage a coûté cinq années de travail. Il avoit d'abord été placé dans l'abbaye de Waltham, et il fut transporté en 1540, par Henri VIII, dans la chapelle de son palais à New-Hall en Essex; il a été restauré par W. Price, pour M. Conyers de Copt-Hall près Epping, et acheté en 1758 la somme de quatre cents guinées. Quelques vitraux de la chapelle de King's-College, à Cambridge, qui représentent des histoires du nouveau et de l'ancien Testament, sont du même temps (1).

Le *Martyre de sainte Catherine* (1529), la *Passion* , la *Résurrection* et l'*Ascension du Christ* , qu'on voit à Balliol-College , sont d'un artiste inconnu , mais d'un mérite assez grand pour avoir engagé le fondateur de Wadham-College à en offrir 200 liv. sterl. Les figures de saints et de prêtres ont été introduites en Angleterre par les Normands , et elles étoient exécutées en général dans les Pays-Bas. On apporta de Rouen , en 1317, le verre peint pour la cathédrale d'Exeter ; le vitrage de l'ouest a été placé en 1390 (2).

La cathédrale de Salisbury (3) passe pour avoir été également décorée de verres peints , même dans le treizième siècle , bientôt après la

___

(1) Dans les anecdotes de Walpole , t. I , p. 173 , il est dit que Jacques Nicholson avoit fait , à Kings-College , pour dix-huit vitraux neufs , un marché pareil à celui que Bernard Flower avoit conclu à Westminster. L'histoire d'*Ananias et de Saphira* paroît avoir été copiée d'après les cartons de Raphaël. *D.*

(2) Notes sur la cathédrale d'Exeter publiées par la Société des Antiquaires de Londres. *D.*

(3) Le verre de couleur , ou peint , étoit anciennement appelé *royal*, comme dans Lidgate :

> In her oryall wher she was ,
> Closyd well with roial glas.

construction de ce magnifique édifice : les vitraux de New-College et de Merton sont certainement du temps d'Edouard III.

Le grand vitrage de l'ouest à York, est l'ouvrage de Thomas Thompson de Coventry ,
sous le règne de Henri IV : il est probable que
l'art existoit en Angleterre au moins depuis un
siècle (1). M. Walpole, dans ses Anecdotes sur
la Peinture ; rappelle plusieurs marchés passés
avec des vitriers ou faiseurs de verres établis à
Londres, à Coventry, à Bristol et à York ; ils
peignoient seulement des sujets d'histoires ou
des figures.

Je suis porté à croire , d'après les marchés
passés avec les bienfaiteurs des églises , que les
vitriers fournissoient les verres de couleurs
qu'on tailloit ensuite en différentes formes, et
qu'on incrustoit dans des coulisses de plomb ,
selon que l'exigeoit la différence des couleurs (2).

---

(1) *Drake's eborac* , p. 527.

(2) Dugdale indique les prix des verres de couleurs.
Sous le règne de Henri VIII , les armes et les inscriptions posées dans Christ-Church-Hall coûtèrent :

	liv.	s.	d.
47 blasons.	15	13	8
246 devises	12	6	
	27	19	8. *D.*

Les modèles ou dessins d'après lesquels ces vitraux étoient disposés, avoient été d'abord tracés par les artistes qui peignoient les murs à fresque.

Les verres de couleurs de l'église de Fairford, dans le comté de Gloucester, ont été long-temps admirés. Environ vers l'an 1492, Jean Tame, très-riche marchand de Londres, prit un vaisseau espagnol qui étoit parti d'un port de Flandres pour l'Amérique ; il étoit chargé de verres colorés, et il fonda une église d'un gothique très-régulier pour y placer ces vitraux magnifiques; ils sont au nombre de vingt-cinq; le plus beau est le troisième, dans l'aile du nord. Le sujet est l'*Annonciation* ; on y remarque une très-belle architecture d'un temple en perspective. Les grands vitraux de l'est et de l'ouest sont encore parfaitement conservés. Le sujet de celui de l'est est l'*entrée triomphante de Jésus-Christ dans Jérusalem* ; l'illusion du velours cramoisi et de la dorure est véritablement surprenante. Celui de l'ouest représente *le Jugement dernier*. Dans ces dessins gothiques l'imagination des artistes du temps s'est donné carrière, et ils sont tout-à-fait burlesques; mais les couleurs sont si brillantes et les draperies des plus petites figures si délicates , qu'on trouve rarement en Angleterre , ou sur le continent , un exemple aussi intéressant et aussi curieux de l'art ancien.

L'invention du verre coloré vient de l'Allemagne et des Pays-Bas. En Italie , les murs des églises sont ornés avec des mosaïques ou des peintures à fresque ; les ouvertures des fenêtres sont petites, et ne sont que la moindre partie de l'architecture intérieure ; mais dans le style que les Italiens nomment *il gottico tedesco* , les fenêtres occupent une partie principale de l'édifice , c'est pourquoi on y plaçoit les plus magnifiques ornemens.

Dans mon voyage sur le continent, je n'ai négligé aucune occasion d'examiner les églises gothiques que j'ai rencontrées. A Bruxelles, à Ratisbonne , les verres colorés sont particulièrement beaux. A Rome et dans les autres villes d'Italie , je n'ai remarqué aucune décoration de ce genre qui ait quelque mérite (1) , excepté à

----

(1) Il y a quelques verres peints dans le *Domo* à Florence , et l'on sait que le grand vitrage, dans le chœur du dôme d'Orvietto, a été peint par un religieux, *Francesco di Antonio* , en 1577. *Frà Francesco , monaco Cisterciense , per mano del quale dovevano dipingersi i*

Santa-Maria-Novella, à Florence, où les vitraux sont à-peu-près semblables à ceux de
Fairford, pour le dessin et pour l'exécution :
on prétend que le célèbre Albert Durer en a
donné les dessins. Il y a sans doute une erreur
de chronologie, car lorsque ces vitraux furent
posés cet artiste n'avoit pas vingt ans, et il n'est
pas probable que son talent fût déjà parvenu à
un si haut degré.

Dans l'église paroissiale de Buckland, près de
Campden, au comté de Gloucester, on voit trois
compartimens de verres peints bien conservés ;
ils représentent les *Sacremens*. Le premier contient six figures ; il y en a deux dans le second,
et neuf dans le troisième.

Il est fâcheux que pendant les troubles civils
du règne de Charles I, ceux qui ont desiré con-
server ces décorations précieuses aient manqué
d'adresse ou de pouvoir pour les soustraire aux
soldats de Cromwell, dont la rage sacrilége se
portoit principalement contre les vitraux peints
des églises (1). Après la restauration on s'ef-
força de remplacer ces morceaux fracturés, et

---

vetri del finestrone, del coro. Storia del duom. di Orvietto, p. 126, *in-4°.*, 1791. *D.*

(1) Les soldats signalèrent particulièrement leur fureur

de remettre dans leur première place ceux qui
avoient été suffisamment conservés ; mais il faut
avouer que les personnes qui ont été employées
à cet ouvrage, ou désespérèrent de réussir, ou
y étoient peu propres, car elles joignirent les
pièces sans discernement ; heureusement pour
cet art vénérable, nous avons montré de nos
jours plus de goût et de patience, et l'on a
trouvé des artistes qui, dirigés par des connoisseurs, ont parfaitement réussi à rendre à ces
ouvrages leur beauté primitive.

Le docteur *Lockman*, en 1774, a composé
avec des fragmens le grand vitrage de l'ouest à
Windsor, et le savant directeur de la Société
des Antiquaires a rétabli avec autant de jugement que d'adresse, deux vitraux d'un singulier effet, à Cirencester, dans le comté de Gloucester.

---

contre les figures des colléges de la Madelaine et de la Trinité ; ils les brisèrent en sautant dessus avec leurs bottes.

. . . . . Nec fana rursus, nec fenestram,
Caucasiæ hanc maculent volucres ! *D.*

SECTION II.

Suite de la Peinture sur verre. — Artistes anciens qui ont travaillé à Oxford. — Artistes modernes, Jarvis, Forest, Pearson, Eginton, etc., etc.

APRÈS la réforme en Angleterre, on peut remarquer une nouvelle époque de l'art de peindre sur verre ; elle date du dix-septième siècle. Les préjugés des premiers réformateurs, relativement à la décoration intérieure des églises, s'étoient adoucis à un certain point ; ils cessèrent de proscrire ces ornemens majestueux qui s'accordoient si bien avec l'architecture du temps. Nos relations commerciales avec les Pays-Bas, où les arts commençoient à fleurir, et où déjà une école de peinture étoit établie, facilitèrent les progrès de la peinture sur verre, qui, sortant alors de sa première enfance, commença à acquérir une certaine régularité dans le dessin.

Sous les règnes célèbres d'Elizabeth et de Jacques I, les armoiries (1) et les petits por-

(1) L'hôtel du comte de Shrewsbury, dans *Broad-street*, à Londres, étoit ainsi décoré sous le règne d'Elizabeth. LODGE's, *Illustrations*, t. II, p. 209. *D.*

traits (1) étoient les décorations ordinaires des fenêtres cintrées des grands vestibules (2); mais ce n'étoit guère que dans les chapelles particulières des grands seigneurs que l'on rencontroit des sujets de l'Ecriture dont les figures fussent bien dessinées et bien grouppées (3).

---

(1) Dans les colléges de la Madelaine et de Wadham, il y a de petits portraits de *Charles I* et de *Henriette* (1633). On voit dans les colléges de Brazenose et de Saint-Jean ceux des fondateurs. En 1634 l'archevêque Laud fit établir des croisées en verres peints à Lambeth et à Croydon. Rushworth, t. II, p. 275.

(2) Le mot *hall* désigne une grande pièce qui sert d'entrée à la maison, et où se tiennent les gens de livrée; la meilleure idée qu'on pourroit donner de ce mot répondroit à l'emplacement de la salle de la Comédie françoise qui communique aux divers escaliers des loges. *A. L. M.*

(3) M. T. Warton, dans la *Vie de T. Pope*, qu'il a publiée, *in-8°.*, p. 16, fait mention de *Jacques* Nicholson, peintre sur verre, en réputation dans le seizième siècle; et M. Walpole, dans ses anecdotes, parle d'un *Marck Willems*, qui mourut en 1561; il exécutoit des dessins pour les peintres sur verre et les faiseurs de tapisserie de ce temps.

Les peintres sur verre les plus célèbres en Allemagne, en France et dans les Pays-Bas ont été *Lucas van* Leyden, 1520; *John* Post de Harlem, 1520; Dirk et Wou-

C'est environ vers le milieu du règne de Jacques I qu'on suppose que *Bernard van* LINGE flamand , s'est établi en Angleterre ; quoi qu'il en soit , il y fut le père de l'art de la peinture sur verre. Cependant M. Walpole combat avec raison l'opinion commune , que l'art s'étoit totalement perdu ; cet art fut comme assoupi , mais ne fut jamais éteint, car il n'existe

---

TER CRABETH , qui firent conjointement un vitrage à Gouda en Hollande , en 1567. *Pierre* MATSYS et *Jean van* BROUKHORST, 1630; *Jacob van der* ULFT, 1630. *Abraham* DICPENBECK , élève de Rubens, est cité par Sandrart avec de grands éloges. *Pierre* KOUWHORN et *Pierre* HOLSTEIN, 1650. En France, *Jean* COUSIN , en 1580, peignit les vitraux de l'église Saint-Gervais à Paris ; PINEGRIER , dans l'église des Célestins, a peint, pour la chapelle d'Orléans, une suite de rois de France , dans le costume du temps , depuis Charles V (1363) jusqu'à Henri II (1559). *D. Voy.* mes *Antiquités nationales ,* t. I, p. 1. *A. L. M.*

Edouard ROWE , mourut à Londres en 1765. *Jean-Étienne* LIOTARD peignoit sur une espèce de verre que l'on ne pouvoit regarder que dans une chambre obscure; l'effet de la lumière et des ombres étoit surprenant, mais ce n'étoit qu'un pur objet de curiosité. M. PERRACHE a peint de petites pièces extrêmement belles. Feu *H.* KEY, d'Hasfield - House , près de Wakefield, dans le comté d'York , a exercé l'art de peindre sur verre avec succès : il excelloit dans les petits objets tels que les fleurs, les papillons, etc., etc.

pas une grande interruption dans son histoire jusqu'au temps présent.

L'ouvrage le plus ancien de Bernard van Linge, et qui est authentique, puisqu'il porte son nom et la date de 1622, est à *Wadham-College;* il représente les *emblêmes* et *l'histoire de notre Sauveur.* On prétend que le donatenr paya pour cet ouvrage la somme de 1500 liv. sterlings ; mais ce prix est peut-être exagéré. On suppose avec raison que quelques figures, qui portent la date de 1616, sont du même artiste. Vertue ne fait aucune mention de Bernard van Linge, et nous n'avons aucune preuve qu'il ait demeuré en Angleterre. Cependant, je suis porté à croire que les sept vitraux du collége de Lincoln, donnés par l'archevêque Williams, lesquels portoient les dates de 1629, 1630 et 1631, et qu'on dit avoir été rapportés d'Italie, sont en effet l'ouvrage de Bernard van Linge. Malgré l'exactitude et le talent de Vertue dans ses recherches sur les peintres à l'huile, il ne parle pas davantage d'*Abraham van* Linge, qui étoit probablement fils de Bernard; ses nombreux ouvrages doivent avoir nécessité sa résidence en Angleterre, et il y a lieu de croire que c'est à lui que nous devons la continuation de cet art sous les auspices

de Charles I, qui donna une charte aux artistes.

Il a exécuté à Christ-Church les sujets suivans:
Jonas, Sodome et Gomore, et le *Christ avec
les Docteurs*, sous les dates de 1631, 1634 et
de 1640 ; à Balliol, *Philippe et l'Eunuque*
en 1637 ; à Hatfield, douze compartimens d'un
vitrage, et un vitrage entier à Wroxton, chez
lord Guildford, dans le comté d'York ; au collége de la Reine, la *Resurrection* en 1635 ; des
vitraux au collége de l'Université dans la chapelle de Lincoln's-Inn en 1641, et d'autres à
Peter-House et à Cambridge. Dans cette énumération on ne cherche qu'à donner seulement
une indication de quelques-uns de ses ouvrages;
il est probable que plusieurs ont été détruits
presque aussitôt après avoir été finis, et que
quelques autres qui existent encore peuvent
avoir échappé à mes recherches (1).

Ce fut à l'époque où van Linge quitta l'Angleterre, ou à sa mort, que l'art s'endormit, si
l'on peut s'exprimer ainsi. Les personnes qu'on

(1) Les portraits de J. King, dernier prieur d'Oseney,
et premier évêque d'Oxford, avec une vue d'Oseney en
ruines, prise d'après une gravure du *Monasticon*, ont été
peints par le premier van Linge. *D.*

employa après la restauration pour rajuster les vitraux brisés, étoient incapables de produire rien d'original , et le premier nom d'un bon artiste qui se présente est celui de *Henri* GILES, d'York. Il paroît avoir établi dans cette ville une école de peinture sur verre , qui soutint sa réputation pendant plus d'un siècle. Il exécuta, au collège de l'Université, un vitrage qui porte la date de 1687. *William* PRICE l'aîné fut son disciple le plus habile et son successeur ; il acquit d'abord de la réputation par sa *Nativité* , qu'il fit d'après *Thornhill* , à Christ-Church en 1696 ; il peignit ensuite la *Vie de Jésus - Christ*, en six compartimens , à Merton en 1702 (1). Cette composition perd infiniment de sa beauté et de son effet, parce que chaque compartiment est renfermé dans un cadre de verre d'un jaune brillant : cette idée est loin d'être heureuse. Son frère *Joshua* PRICE a restauré, avec un grand succès, au collège de la Reine, les vitraux qui avoient été originairement peints par Abraham van Linge ; ils avoient été brisés par les Puritains : leur date actuelle est de 1715. Les figures des apôtres et des prophètes , *in chiaroscuro* , au collège de la Madeleine , sont aussi de sa main.

---

(1) Price reçut pour cet ouvrage 260 liv. sterl. *D.*

Il y a dans la cathédrale de Christ-Church une singulière curiosité : c'est un petit vitrage représentant *Saint-Pierre et l'Ange* ; la date est de 1700, avec cette inscription : « Peint par *P. Olivier*, âgé de soixante-dix ans ». Cet ouvrage mérite d'être remarqué, et on peut conjecturer que cet artiste étoit lié avec les bons peintres en miniature, qui étoient protégés par lord Arundel, et qui fleurirent sous le règne de Charles I.

William Price le jeune a été employé pour les vitraux qui furent placés dans l'abbaye de Westminster, d'après un vœu du parlement, et établis en 1722 et 1735. Il peignit, pour la chapelle de Winton-College, un vitrage représentant la *Généalogie de Jésus-Christ*, et plusieurs autres vitres à New-College et à Oxford : il les avoit fait venir de Flandre, avec des dessins d'après Rubens et ses élèves ; il les perfectionna avec la plus grande habileté. L'évêque Benson fit exécuter par lui une *Résurrection* pour le vitrage de sa chapelle particulière dans le palais de Gloucester. Son mérite principal consistoit dans ses dessins et l'arrangement de la mosaïque. Il y a plusieurs de ses ouvrages à Strawberry-Hill, et ce sont des modèles de talent et de goût. La famille Herbert, qu'on voit à Wilton, dans le costume des premiers siècles, est aussi du même artiste.

William PECKITT étoit aussi de l'école d'York; mais son talent étoit inférieur à ceux de ses prédécesseurs ; il possédoit seulement un coloris très-brillant. Entre les années 1765 et 1777, il termina les vitraux du côté du nord à New-College ; c'est un assemblage de figures et de portraits (1) des saints canonisés par l'Eglise. En 1767, il fit, à Oriel-College, un vitrage où il peignit la *Présentation de Jésus - Christ au temple*, d'après un dessin du docteur *Wall*, de Worcester ; ce Wall étoit un médecin qui faisoit son amusement de l'art de la peinture. Au collége de la Trinité, à Cambridge, Peckitt a fait un vitrage d'après un dessin de *Cipriani; le sujet* est une *Minerve présentant Bacon et Newton à Sa Majesté régnante.* Cette pièce a cent quarante pieds carrés, et a coûté 500 livres sterlings.

Sous ce règne, on employa une nouvelle manière et un nouveau style pour peindre sur

---

(1) Shapes , that with one broad glare the gazer strike
     Kings , bishops , nuns , apostles all alike , etc.
     Ye Colours that the unwary sight amaze ,
     And only dazzle in the noontide blaze.

                                   T. WARTON.

verre : les artistes anglois se glorifient d'en être
les inventeurs.

> Front the Broad window's height
> To add new lustre, to religious light
> To bid that pomp with purer radiance shine.
>
> T. WARTON.

La nécessité d'entourer de plomb les différentes couleurs qui formoient leurs figures,
rendoit les ouvrages des premiers artistes défec-
tueux, et détruisoit l'harmonie des contours;
la sécheresse étoit l'effet inévitable de cet entou-
rage, et ils ignoroient le moyen d'y remédier.

JARVIS, mort depuis peu, s'est distingué par le
fini avec lequel il exécutoit de petits sujets. La
collection la plus complète de ses premiers ouvrages est à Chelsea, dans la villa de lord Cre-
morne ; elle consiste dans vingt morceaux. L'intérieur des chapelles gothiques et des châteaux, est représenté avec de beaux effets de
lumière.

Le meilleur ouvrage en ce genre est le grand
vitrage de l'ouest de la chapelle de New-College
à Oxford (1).

_____

(1) Ce morceau admirable fut terminé en 1787. Le
compartiment supérieur a coûté 1108 liv. sterl., et ce-

Le dessin fut donné par *Joshua* Reynolds ;
il est divisé en deux parties. Dans le compartiment intérieur sont placés, sur des pieds d'estaux en clair-obscur, sept figures de femmes plus grandes que nature, représentant les *Grâces chrétiennes* et les *Vertus cardinales*. Il est difficile de déterminer laquelle de ces figures a le plus de mérite. La *Tempérance* et la *Charité* sont généralement les plus estimées ; mais Reynolds lui-même préféroit l'*Espérance* , qui semble s'élancer dans le ciel.

Le compartiment du milieu représente la *Nativité* ; l'idée principale est évidemment imitée de la célèbre *Notte* du *Corrège* à Modène. *Antoine-Raphaël Mengs* s'est aidé aussi de cette belle composition dans la *Nativité* qu'il peignit pour la collection du roi d'Espagne : tout y respire la satisfaction et la joie. Reynolds a introduit dans cet ouvrage son propre portrait et celui de Jarvis sous la figure de ber-

lui inférieur 820 liv. Les ouvrages de Reynolds ont été partagés entre plusieurs acquéreurs. Le duc de Rutland possède la *Nativité*, qu'il a payée 800 l. ; le duc de Portland quelques-uns des accessoires qui lui furent légués par Reynolds , et lord Inchiquin les autres avec les sept figures. *D.*

gers , idée probablement prise du tableau de
Raphaël. Sur chacun des côtés de la grande
pièce du centre , sont des groupes de bergers et
d'enfans avec des flambeaux, et au-dessus du tout
il y a un ange sur des nuages avec une banderole
sur laquelle on lit un passage de l'Écriture Sainte.
Les vers élégans de M. T. Warton à M. Joshua
Reynolds (1) contiennent une si exacte description de cette peinture , et un éloge si justement
mérité , que ceux que je pourrois lui donner
deviennent inutiles.

Un autre bel ouvrage que Jarvis a exécuté
avec son meilleur élève , Forest, est le grand
vitrage de l'est dans la chapelle de Saint-George
à Windsor. Le sujet a été dessiné par M. West
c'est la *Résurrection*, qui est disposée dans trois
grands compartimens (2).

Forest a encore terminé trois autres vitraux
qui augmentent les derniers embellissemens de
cette magnifique chapelle. Les sujets sont l'*Annonciation*, la *Nativité*, l'*Adoration des Ma-
ges*, le tout d'après West; ils sont datés de 1792,
1794 et 1796. Le *Crucifiement*, par les mêmes

—————————

(1) Vers à sir Joshua Reynolds sur son vitrage peint à
New-College , *in*-4°. 1782. *D.*

(2) On dit qu'il a coûté 4000 liv. sterl. *D.*

artistes, et destiné pour la même chapelle, est
sur le point d'être terminé.

En 1776, M. PEARSON a peint le vitrage de la
chapelle de Brazenose-College à Oxford, et d'a-
près les cartons de *Mortimer*, le *Christ* et les
quatre Evangélistes: c'est le plus considérable
de ses ouvrages. Sa femme (1), madame *Pear-*
son, a montré un égal talent, et ils ont exécuté
ensemble beaucoup de petits ouvrages d'un
très grand mérite, qui ont été exposés à la vue
du public et vendus à l'enchère en 1797. Le
plus beau et le plus correct est l'*Aurore*, d'a-
près le *Guide:* cette peinture est actuellement
au château d'Arundel (2).

Parmi les artistes modernes qui ont exercé
cet art ingénieux, le plus habile est M. EGIN-

---

(1) Madame LAWRIE, autre femme artiste, promet un
talent éminent dans l'art de peindre sur verre, lorsqu'elle
l'aura pratiqué davantage. *D.*

(2) Ce château se construit actuellement sous les auspices de Charles, duc de Norfolk, et d'après ses propres
plans. Si la Grande-Bretagne doit aux dessins et à la
protection des comtes de Pembroke et Burlington l'introduction de l'architecture antique, la restauration de
l'architecture gothique et de toutes ses variétés est due
au noble possesseur d'Arundel. *D.*

TON, établi à Houdswort, près de Bermingham.

Cinquante ouvrages sortis de ses mains prouvent que ses progrès et son industrie ont été encouragés. Il a restauré le grand vitrage de l'est, représentant la *Résurrection générale*, au collége de la Madeleine, à Oxford ; cet ouvrage avoit été originairement fait *in chiaro-scuro* par Schwartz, et Sadeler en a fait une gravure. Il a depuis peu établi huit autres vitraux dans l'avant-chapelle, qui contient les portraits, dans toute leur grandeur et dans leur costume, des évêques de Winton, Wykeam, Wayneflete, Wolsey et Fox. Le *chiaro-scuro* a une teinte vive de bistre. Pour citer quelques-uns des ouvrages les plus remarquables de cet artiste, je choisirai la *Résurrection*, dans la cathédrale de Salisbury, dont le dessin est de Joshua Reynodls ; le mêmesujet à Litchfield ; *le banquet donné à la reine de Saba par le roi Salomon*, d'après un tableau d'*Hamilton*, qui est au château d'Arundel ; la *Conversion de Saint-Paul*, et *quand il recouvre la vue :* celui-ci est dans l'église de Saint-Paul à Birmingham ; *Jésus-Christ portant sa croix*, d'après *Moralez*, à l'église de Wansted en Essex, et un de ses derniers et meilleurs ouvrages, l'*Ame d'un en-*

fant en présence de l'Eternel, d'après un tableau de *Péters*, qui décore la chapelle de Great-Barrs, dans le comté de Stafford.

Le verre est également avantageux pour le son et pour la couleur; l'harmonica, quand il est touché par une main habile, a une mélodie bien douce; et les teintes expressives de Reynolds et de West gagnent encore à être transmises sur le verre.

SECTION III.

Collection d'anciens portraits. — Peintres qui ont travaillé en Angleterre : Mabuse, Holbein, Isaac Oliver, Paul van Somer, Cornélius Jansen, Daniel Mytens, Vandyck, Dobson, Walker, Lely, Fuller, Ryley, Kneller, Thornhill, Richardson, Jervas, Reynolds, Gainsborough, Lawrence.

C'EST à juste titre que les étrangers ont remarqué que les Anglois ont eu plus de goût pour les portraits qu'aucune autre nation (1).

(1) Il existe encore plusieurs portraits dont les noms ne sont pas authentiques. Un portrait, à Hampton-Court, dans le comté d'Herford, qu'on regarde comme celui de *Henri IV*, représente plus probablement un *comte d'Arundel*. La famille Clifford, à Chiswich, que l'on dit être de *Jean van* EYK, et *Henri Percy*, le grand comte de Northumberland, à Petworth, méritent d'être remarqués. D.

Plusieurs riches amateurs anglois montrent encore le même goût pour ce genre de collection. M. Crawford a rassemblé, dans le bel hôtel qu'il occupe maintenant à Paris,

Dans les premiers temps de l'introduction de la peinture en Angleterre, les artistes n'étoient employés qu'à peindre des tableaux de famille ou des portraits.

Les anecdotes de M. Walpole, où l'on trouve tant de faits et de remarques judicieuses sur ce sujet, et auxquelles j'ai une si grande obligation, me dispensent d'aucune observation, avant de parler des morceaux les plus curieux.

MABUSE est certainement le premier peintre distingué qui vint s'établir en Angleterre. Deux de ses ouvrages, qui existent encore, sont supérieurement exécutés : ce sont les enfans de Henri VII, le *prince Arthur*, le *prince Henri* et la *princesse Marguerite* : ces tableaux sont à Windsor (1). Le *mariage de Henri VII et d'Elisabeth d'York*, qui étoit autrefois dans le cabinet de lord Pomfret, à Easton-Neston, est actuellement à Strawbery-Hill (2).

---

une suite très-intéressante de portraits également curieux et pour l'art et pour l'histoire. *A. L. M.*

(1) Il y avoit quatre copies de ces portraits, ou probablement c'étoient plutôt des répétitions faites par le même artiste. *D.*

(2) Il seroit difficile d'indiquer les auteurs de plusieurs morceaux historiques anciens, tels que *le Champ du drap*

M. Pennant, dans ses excursions, qu'il a rendues si intéressantes pour les amateurs des arts, a été assez heureux pour découvrir plusieurs tableaux oubliés, qui sont les ouvrages de nos plus anciens peintres de portraits; ils sont maintenant altérés par l'influence de notre climat, dans les châteaux ou les maisons abandonnées ou dilapidées des seigneurs et des particuliers.

J'essaierai de parler succinctement de la peinture de portrait, depuis le commencement du seizième siècle jusqu'à la fin du dix-septième; et pour connoître, autant qu'il est possible, les ouvrages des peintres qui fleurirent pendant cet espace de temps, voici les lieux qui méritent le plus d'être visités.

La plus précieuse collection de la *famille royale d'Angleterre* est à Kensington; celle des *Fitz-Alans* et des *Howards* au château d'Arundel; des *Sommersets* à Badminton; des *Veres* à Welbeck; des *Percys* et des *Seymours* à Petworth; des *Thynnes* à Longleat, et des *Sidneys* à

d'or, *l'Embarquement de Henri VIII, la Bataille des Eperons* à Pavie, qui est maintenant à Windsor; *l'Entrevue de Henri VIII et d'Anne de Clèves* à Greenwich, qui appartient aujourd'hui à M. Fountaine à Narford, ou d'autres à Penshurst, ainsi que ceux qui étoient autrefois à Cowdry. *D.*

Penshurst, quoique le portrait de l'illustre sir Philippe ne soit pas dans cette antique demeure.

A Kingsweston, il y a une suite des *Cliffords*, des *Cromwells* et des *Southwells*; à Wrest on voit les *Greys*; à Gorhambury les *Bacons*; à Ditchley les *Lees*; à Chatsworth et à Hardwick les *Cavendishes* et les *Talbots*, et à Wooburn les *Russels*. Toutes ces collections qui se représentent fortement à ma mémoire, sans préjudice d'autres moins connues, renferment les meilleurs ouvrages des artistes protégés par la cour et la noblesse, depuis *Hans Holbein* jusqu'à *Pierre Leley*. HOLBEIN fut engagé à passer en Angleterre par Henri Fitz - Alan, comte d'Arundel, ou par Henri Howard, comte de Surrey, qui avoit admiré ses ouvrages à Basle en revenant d'Italie; mais on s'accorde à dire que son principal protecteur fut le *duc de Norfolk*, dont il y a des portraits à Norfolck-House, et à Windsor. Après son établissement à la cour de Henri VIII, Holbein fit plusieurs portraits; mais quelques - uns de ceux qui lui sont attribués n'ont obtenu cette distinction que par une longue tradition. Quant aux ouvrages de cet artiste qui ont été gravés (1), M. Walpole

(1) 1°. *Henri VIII donnant la charte*, dans la salle des.

n'en compte que quatre ; ce sont plutôt des groupes de portraits que des sujets d'histoire. Rien de moins favorable à la beauté des femmes que le costume de ce temps, et surtout que la coiffure angulaire : on cachoit alors les cheveux avec scrupule ; c'est pourquoi les portraits d'hommes par Holbein sont plus intéressans et ont plus de caractère que ceux des

chirurgiens ; 2°. *Edouard VI donnant la charte au Lord-Maire*, à Bridwell ; 3°. et 4°. deux grands *tableaux allégoriques* dans le Steel-Yards ; *Anecdotes* de WALPOLE, t. I, p. 136. La *famille de T. More* est un sujet de discussion ; cinq des six portraits qui existent ne sont certainement pas de Holbein. Il n'y a nul doute que *l'archevêque Warham*, à Lambeth, et *Erasme*, à Longford Castle, ne soient de cet artiste : ces morceaux sont excellens. Lord Radnor a payé, pour ce dernier, 110 liv. 5 s. sterl., à la vente du docteur Mead, en 1754.

Dans les groupes de Holbein, les yeux regardent du même côté, et la différence des personnages ne consiste que dans le costume de leur profession. Dans le palais Pamphile à Rome, il y a deux portraits, par Raphaël, ceux des deux jurisconsultes *Bertholus et Baldus* ; ils ont des bonnets noirs sur un fond vert. Ceux de Holbein sont toujours dans cette manière.

Raphaël, Titien et Albert-Durer employoient l'or dans leurs tableaux ; mais Raphaël en usoit modérément, et seulement pour se conformer au goût du temps. *D.*

femmes. Son *Anne Boleyne* même manque d'a-
grément (1). On croit qu'il a flatté *Anne de
Clèves* dans son portrait ; il n'annonce cependant pas une grande beauté : il appartient à
M. Barret de Lee, dans le comté de Kent.

On a publié dernièrement une collection précieuse des premières esquisses qu'Holbein a jetées
sur du papier avec le crayon ; plusieurs ont sans
doute été faites en une seule séance ; elles représentent des personnes distinguées du règne
de Henri VIII : elles sont gravées avec la vigueur et l'esprit des originaux (2). On sait qu'a-

---

(1) Il y a, dans la collection du roi d'Espagne, une
tête d'*Anne Boleyne* par *Léonard de Vinci* ; elle a
l'air d'une courtisanne.

When love could teach a monarch to be wise
And goospel light first beam 'd through Boleyne's eyes

GRAY. D.

(2) *Imitations of Drawings*, *by* HOLBEIN, publiées
par J. CHAMBERLAINE, écuyer, *and the live*, by *Edmund*
LODGE, écuyer, grand *in-fol.* Cet ouvrage commença
en 1789, et fut terminé en 1792. M. Chamberlaine a publié également une partie de la collection des dessins des
écoles vénitiennes et florentines, qui sont dans le cabinet
du roi. Ceux de *Léonard de Vinci* parurent en 1796 ;
ils formoient treize volumes, et furent légués par lui à

près la mort de Holbein, ces esquisses furent vendues en France, d'où elles furent rapportées
en Angleterre et vendues à Charles I par
M. de Liancourt. Ce prince les échangea ensuite
avec William, comte de Pembroke, pour un
Saint - Georges de Raphaël, qui est maintenant à Paris (1) : ce tableau avoit appartenu à
Henri VIII. Lord Pembroke les donna à lord
Arundel, dont la collection contenoit déjà plusieurs esquisses originales de Holbein, ainsi que
son portrait peint par lui-même. Lors de la
dispersion du cabinet de lord Arundel, ces morceaux furent achetés pour la couronne et dé-
posés dans un cabinet à Kensington. Henri
Fitz-Alan, comte d'Arundel fut chargé, par
Henri VIII, d'engager Titien à venir en Angleterre pour peindre des portraits, peut-être
par un motif de rivalité contre François I, qui
avoit retenu à sa cour le Primatice ; mais soit

M. Melzi. Trois volumes devinrent la propriété de
Pompeo Leoni ; on présume que lord Arundel a acheté
un de ces volumes lors de son ambassade près de l'empereur Ferdinand en 1633. On est sur le point de
compléter les gravures des dessins des trois Caraches,
commencées en 1797. *D.*

(1) *Musée Napoléon*, n°. 934.

que les conditions qui lui furent proposées ne répondissent pas à ses prétentions, ou qu'il craignît que ses talens ne fussent pas appréciés en Angleterre, il refusa de s'y rendre.

On a déjà observé que l'attique où sont placées les écoles publiques d'Oxford, a été consacré à recevoir des portraits ; la grande salle à Christ-Church est encore un autre vaste dépôt. Il y a dans plusieurs colléges quelques beaux portraits.

Vers la fin du siècle dernier, à l'époque où la galerie d'Oxford a été reconstruite dans son état actuel, les divers colléges firent faire les portraits de leurs fondateurs. SUNMAN a peint la plus grande partie de ces portraits ; il a imité jusqu'à la manière dure des originaux qu'il a copiés, mais il a suivi son imagination pour les autres (1). On doit y remarquer un très-beau morceau : c'est le portrait de M. T. Pope ; c'est

---

(1) Dans la série des fondateurs, le portrait de *Jean Balliol* est celui d'un vigoureux forgeron ; *Dervorguilla of Jenny Reekes* est une beauté célèbre de ce temps. SUNMAN a peint une très-belle tête d'une vieille femme, à Wadham-College. Il étoit l'émule de RYLEY, et abandonna Londres pour Oxford, parce que Ryley avoit plus de succès que lui dans la capitale. *D.*

le meilleur des quatre qui ont été copiés d'a-
près Holbein : il est actuellement chez lord
Guildford à Wroxton (1).

Je vais actuellement dire un mot de chaque
peintre, en suivant l'ordre chronologique.

HOLBEIN.

Il n'y a aucun portrait de ce peintre dans la
galerie de peinture; mais dans la maison du
Chapitre, à Christ-Church, il y en a deux qui
sont authentiques, puisqu'ils ont appartenu à
la collection de Henri VIII. Les portraits de ce
souverain, et celui de *Wolsey* à Christ-Church,
sont d'un artiste moins célèbre. Les portraits de
Henri, à Windsor et à Kensington, et ceux de
lui-même et de son fils, à Petworth, lèvent tous
les doutes sur ce point. Il y a à Knowle, dans le
comté de Kent, une copie du *portrait d'Hol-*

___

(1) WARTON's *life of sir T. Pope*, in-8°. *D.*

On voit à Penshurst les portraits des *Constables du
château de Queenborough*, depuis le règne d'Edouard III
jusqu'à la troisième année de celui de Henri VIII, par
Lucas CORNELII. Les *rois d'Ecosse*, à Holyrood-House,
sont tous de la même main, et les *évêques de la cathédrale de Chichester* ont été peints par Bernardi en 1519 :
ainsi tous ces portraits sont imaginaires. *D.*

bein, un de *H. Howard*, comte de Surrey (1),
et un autre d'*Erasme*, d'après un original à
Badminton, dans la collection du duc de Beaufort.

Il n'y a point à Oxford d'ouvrages authentiques de *Lucas* DE HEERE, d'*Antoine* MORE,
de *Cornelius* KETEL, et de ZUCCHERO.

ISAAC OLIVER.

On connoît de lui le portrait à l'huile de
Thomas Overbury, sur un fond bleu, dans un
large oval. Chez lord Guildford, à Wroxton,
il y a quatre portraits semblables de personnes
dans le costume du temps. Comme peintre en

---

(1) M. WALPOLE, dans son ouvrage intitulé : *Royal
and noble authors*, vol. I, p. 96, sec. édit.; et M. T.
WARTON, dans *History of Poetry*, v. III, sec. 19, font
l'éloge de ce seigneur aussi malheureux qu'accompli. Dans
un cabinet qui joint la galerie de Médicis à Florence, j'ai
remarqué un petit portrait de *lord Surrey*, avec ses armes
et une inscription sur une plaque d'argent.

M. Robert Walpole possédoit autrefois un portrait
plus curieux peint par GUILLIM STREETS, avec des devises
emblématiques relatives à son histoire; il est maintenant
au château d'Arundel. *Voy.* WALPOLE's, *Anecd.*, t. I,
p. 107. On voit un portrait de la belle *Geraldine* à Wo-
burn-Abbey. *D.*

miniature, Olivier est célèbre. Son meilleur ouvrage est le portrait des trois frères de la famille *Browne* à Cowdry, dont M. Walpole a parlé; il a été brûlé en 1793 (1).

PAUL VAN SOMER.

Le portrait de sir Thomas Bodley (1597) est probablement un de ses premiers ouvrages après son arrivée en Angleterre. Lord Arundel fut son premier protecteur (2).

CORNELIUS JANSEN.

On croit en général qu'une très-belle tête de demi-grandeur, de *Lake*, évêque de Bath, et une autre de *Wells*, à New-College, sont de cet artiste. Il y a d'autres portraits, tels que ceux de sir *H. Wootton*, de *King*, évêque de Londres, de *Corbet*, évêque de Norwich (1632), et de sir

----

(1) *Description de Cowdry; Mon. vetust.*, t. III.

(2) Son arrivée en Angleterre est peut-être due à ce qu'il avoit fait le portrait de Henri *lord Maltravers*, fils unique du comte d'Arundel, qui mourut à Bruxelles en 1557, âgé de dix-neuf ans. Ce morceau est pareillement au château d'Arundel. WALPOLE, t. I, p. 225. *D.*

Dubley Carleton (1628), qui ne sont pas in-
dignes de son pinceau.

Cornelius JANSEN a fait, en général, ses
draperies noires; on observe la même chose
dans les portraits de *Rubens* et de *Vandyck*.
Ces draperies semblent ajouter de la rondeur,
du relief et de l'ame aux figures et à la carnation. On dit qu'il employoit l'outre-mer dans
les couleurs noires, ainsi que pour les chairs:
c'est à cela qu'on attribue le lustre qu'elles ont
conservé. Il fut jaloux de Vandyck, et, lorsque la guerre civile éclata, il abandonna l'Angleterre. Un de ses meilleurs ouvrages est la
famille Rushout, a Northwick, dans le comté
de Worscester ; il a fait un grand nombre de
très-belles têtes (1).

DANIEL MYTENS.

Richard Tomlyns, fondateur des cours d'a-
natomie. J'attribue ce portrait à cet artiste à

_____

(1) Une des plus belles en Angleterre est celle de *Charles I*, dans la collection de M. Lenthal à Burford ; mais
collectivement ou particulièrement il n'y en a point de su-
périeures à celles qui sont à Ditchley, dans le comté d'Oxford. Le duc de Beaufort, à Badminton, possède le portrait
de *Corn. Jansen,* peint par lui-même : c'est un très-beau
tableau. *D.*

cause de la chaleur du coloris. Mytens étoit élève de Rubens, et il exerça son art sous les règnes de Jacques et de Charles I.

VANDYCK (1).

Son maître, Rubens, ne resta en Angleterre qu'un peu plus d'une année ; pendant ce temps il fut employé à peindre les plafonds de White-Hall. Il eut le loisir de faire deux portraits de *Thomas, comte d'Arundel;* un d'eux est au château de Warwich ; l'autre appartenoit à feu le duc d'Argyle , et il est actuellement

(1) Pendant ses *Voyages en Sicile* il fut introduit dans la société de la célèbre peintre *Sophonisba* ANGIOSCIOLA , âgée alors de quatre-vingt-onze ans ; elle mourut en 1626, à l'âge de quatre - vingt - treize. Vandyck déclare qu'il a plus acquis sur la théorie de son art par sa conversation , que dans toutes les écoles d'Italie. Le duc de Devonshire possède le livre de poche de Vandyck, avec plusieurs esquisses de Sophonisba Angiosciola. Le portrait de cette artiste est dans la collection de lord Ashburnham. Lord Spencer en possède un autre; elle est assise à un clavecin; lord Harcourt en a un troisième qui appartenoit à M. Bagnol. RAPHAEL ; RUBENS , SALVATOR ROSA , MENGS et REYNOLDS sont les seuls peintres célèbres qui ont écrit sur les arts. Rubens a composé un traité latin sur l'imitation des statues antiques, et il auroit bien fait de mettre lui-même

dans le cabinet de lord Campbell, à Coombank
en Surrey. A Osterley-Park il y a un portrait
de *Villiers*, *duc de Bucks*, son protecteur,
et lord Besborough possède celui du médecin
Théodore Mayerne. On ne peut pas faire
un plus grand éloge de ce portrait que de dire
qu'il égale le précédent. Dans la collection
de lord Spencer, on voit *Philippe Howard*
dans sa jeunesse : c'est le dernier cardinal anglois.

Il n'existe à Oxford qu'une seule tête qui
soit véritablement de Vandyck : c'est *Francois
Junius*, ou *du Jon*, bibliothécaire de lord
Arundel, et auteur de l'*Etymologicon*. Elle

---

ses préceptes en pratique. Dufrenoi a traduit cet ouvrage
en françois. Vandyck a peint l'histoire dans un style peu
inférieur à celui de son célèbre maître ; il en existe un exemple en Angleterre : c'est le tableau de l'*empereur Théo-
dose à qui saint Ambroise refuse les Sacremens*. Ce
tableau appartient à M. Angerstein. Vandyck fut fait chevalier en 1632, à son arrivée en Angleterre, et mourut
en 1641. *Vansomer*, *Vandyck*, *Dobson* et *Leley*
moururent avant l'âge de cinquante ans. Le COMTE, dans
son ouvrage intitulé : *Cabinet d'Architecture et de Peinture*, donne une liste imparfaite des ouvrages de Vandyck, t. I, p. 282. Le meilleur tableau de cet artiste est
la *famille Holland*, actuellement chez lord Bredal-
bane, en Ecosse. *D.*

est esquissée en clair - obscur et a été souvent gravée.

Le portrait de l'archevêque *Laud* n'est qu'une copie d'après Vandyck : l'original étoit dans la collection d'Hougton. On dit que l'université d'Oxford a offert, pour ce tableau, à la famille Wharton, la somme de 400 livres sterlings. Lord Orford a acheté la totalité de leur collection, principalement composée de portraits peints par Vandyck. Il n'appartient pas à mon sujet de citer tous les ouvrages de ce peintre ; il suffira de dire que la plus belle collection étoit à Cornbury, dans le comté d'Oxford, chez lord Clarendon ; mais elle a été partagée et dispersée. M. Walpole observe que Vandyck règne à Wilton. Il y a plusieurs de ses portraits de femme de qualité à Petworth : je n'en ai vu aucun qui puisse égaler celui de *lady Venetia-Digby*, à Windsor ; et quant aux portraits d'hommes, aucun n'est supérieur à ceux de *Thomas, comte d'Arundel,* et de son *petit-fils,* au château d'Arundel.

DOBSON.

Cet artiste avoit mérité de Charles I le nom du *Tintoret anglois*, avant sa mort prématurée en 1646, âgé seulement de trente-six ans. Il fut

le père (1) du genre du portrait en Angleterre,
et quoiqu'il fût souvent inégal, il avoit beaucoup de la manière de son maître Vandyck.
Comme Oxford étoit le lieu de sa résidence, il y
a laissé son *portrait* (2), ceux de sa *femme* et
de sir *Jean Tradescant*, ainsi que celui de son
ami, le quaker *Zythepsa*, qui est dans l'escalier
du Musée Ashmoléen. Deux de ses meilleurs
ouvrages ne sont pas cités dans les anecdotes
de Walpole; ce sont la *Famille Lenthal*, à Burford, dans le comté d'Oxford, et une *Conversation*, chez lord Sandy, à Ombresley, dans
le comté de Worcester; il a introduit dans ce

---

(1) L'abbé Dubos (t. II, p. 160) parle de l'effet du
climat de l'Angleterre sur le génie de ses peintres. *D.*

(2) Le *portrait de Dobson* par lui-même est aussi à
Stowe, chez lord Buckingham. Il y en a un autre à Oster-
ley-Parck. M. Owen Cambridge, à Chiswick, a une belle
tête du secrétaire *Thurlow*, par Dobson, et celle du *duc
de Devonshire*, par Inigo-Jones. Le *Cicéron* de Charles I,
à Hougton, passoit pour être le chef-d'œuvre de van
Dredort.

Il a peint aussi quelquefois l'histoire. Sa *décollation
de saint Jean-Baptiste*, à Wilton, et l'*Astronome et sa
famille* sont ses tableaux les plus estimés. A Devonshire-
House il y a un groupe qui représente Thomas Brown
souriant avec complaisance à ses enfans, dont il est entouré. *D.*

tableau le colonel *Russel*, le prince *Rupert* et
le colonel *Murphy*, assis autour d'une table où
ils boivent. On voit à Northumberland-House
B. Gerbier, *C. Cotterel*, et *lui-même* dans un
seul tableau.

WALKER.

Son *propre portrait*. Il fut protégé et encouragé par le lord Arundel, qui lui donna un appartement dans son hôtel. Cromwell le préféroit à tous les autres peintres de portraits, et
on rapporte que le résident du grand duc offrit
la somme de 5oo liv. st. pour un de ses tableaux,
qu'il destinoit à la galerie de Florence.

LELY.

Un portrait caractéristique et plein de vie de
l'auteur d'*Hudibras*, donné par *S. G. Kneler*;
Joseph Wiliamson, secrétaire d'état ; une
tête de *Seldein*; *Morley*, évêque de Winton ;
Fuller, évêque de Lincoln, et *Bennet*, comte
d'Arlington, à Christ-Church.

On convient que Lely excelloit à peindre les
femmes : aussi a-t-il fait plus de portraits de femmes que de portraits d'hommes. Lord Bathurst,
à Cirencester, possède les portraits de six des com-

pagnons des festins joyeux de Charles II, peints par cet artiste, dans toute leur grandeur. Ces portraits avoient appartenu à son aïeul, sir Peter Apsley, argentier du roi ; ils sont extrêmement précieux, non-seulement à cause de leur belle exécution, mais encore parce que Lely avoit presque entièrement dévoué son talent aux dames. Les beautés de Windsor ont été souvent célébrées (1).

FULLER.

Son *propre portrait* dans un état d'ivresse (2), qu'il a rendu avec beaucoup de vérité. Ses talens, comme artiste, n'étoient pas très-remarquables ; il peignit le maître-autel du collège de la Madeleine, et, malgré l'élégant poëme latin de M. Addisson, cet ouvrage n'en a pas plus de réputation.

A Ombresley, il y a un tableau représentant une *Conversation* entre les principaux Whigs,

---

(1) . The sleepy eye, that spoke the melting soul.
POPE.

(2) *Joseph* van CRANSBEKE, son contemporain, avoit coutume de peindre son propre portrait avec une mouche sur un œil et faisant des grimaces. *D.*

sous le règne de la reine Anne. La singula-
rité du sujet et la ressemblance probable des
individus font tout le mérite de cet ouvrage.

RILEY.

Il fut le disciple de Fuller; mais il le surpassa beaucoup. S'il eût vécu plus long - temps,
il auroit égalé Kneller.

Le *docteur Busby*, l'*évêque Saunderson*,
à Christ-Church, et le *duc d'Ormond*, dans la
galerie de peinture, sont de beaux portraits;
mais le chef-d'œuvre de Riley est *lord Keeper-
North*, à Wroxton.

KNELLER.

Il est tout simple qu'un artiste qui a autant travaillé pour le public, ait laissé un grand nombre
de ses ouvrages à Oxford. Il y en a, à la vérité,
deux qu'il ne surpassa jamais : le *docteur Wallis*
le mathématicien, et lord *Crew ;* ils sont tous
les deux d'un grand style pour le coloris et l'expression. Le dernier sur-tout a été admiré et étu-
die par sir J. Reynolds, à cause de l'air de noblesse qui y est répandu (1). Les têtes d'*Addis-*

---

(1) Sir J. REYNOLDS, lorsqu'il visita la galerie de pein-

son et de *Nelson* ont été peintes par Kneller :
elles sont très - expressives (1).

Le génie de cet artiste laisse apercevoir une
négligence mercenaire dans la majorité de ses ouvrages. Les beautés et les amiraux de Windsor
sont bien connus, et étoient autrefois plus célèbres. Il préféroit lui-même le *Chinois converti,* qui est à Windsor, à tous ses portraits. J'en
ai vu dernièrement un de madame *Knigth* (2),
maîtresse de Charles II, dans le caractère d'une
pénitente à genoux devant un crucifix ; il est
singulièrement beau. Ce tableau est actuellement
à Down-House, près de Tewkesbury.

---

ture, parut faire un grand cas du portrait du *docteur
Bourchier,* professeur es-loi, à cause de la vérité du caractère. Il est d'un artiste inconnu. *D.*

(1) M. BAKER, dans Hill-Street, Berkeley-Squarre,
possède actuellement le tableau du club Kit-Kat. Comme ce
club étoit composé en entier de ses amis et de ses protecteurs, Kneller se fit gloire d'y employer les plus heureux efforts de son pinceau.

Il y a dans la bibliothèque Bodléïenne un portrait de
Humphrey- Wanley, bibliothécaire de lord Oxford ; la
figure est dans la meilleure manière de Kneller. *D.*

(2) Il y a une demi-teinte prise d'après ce tableau par
Faber. *Voy.* Granger. *D.*

THORNHILL (1).

Charles, comte de Arran, peint dans toute sa grandeur, dans la galerie, et sir *Christophe Wren*, dans le théâtre, sont de cet artiste. Il peignit le dernier en société avec Verrio et Kneller : ce tableau est d'un grand mérite.

RICHARDSON.

Le meilleur des portraits que Richardson ait jamais fait pour la galerie, est celui d'un *Prieur* avec lequel il vivoit intimement ; cependant on y aperçoit les fautes que les connoisseurs reprochent à cet artiste.

A Christ-Church, et dans la galerie, il y a plusieurs portraits faits par *Dahl* et *Vandrebank :* aucun ne mérite d'être cité dans cet ouvrage.

---

(1) Ses grands ouvrages à fresque sont l'*intérieur du dôme de Saint-Paul*, et la *salle de l'hôpital de Greenwich ;* il a copié des cartons de Raphaël : il y employa trois ans. Le duc de Bedford, à la vente de Thornhill, en 1735, acheta ces cartons 200 liv. st. En 1800, M. Bryant les paya quatre cent cinquante guinées, et le duc actuel les a donnés à l Académie royale. *D.*

JERVAS.

Il a peint deux petites têtes de *Swift* et de *Pope*, qui sont placées dans la galerie. L'éloge que Pope a fait de Kneller et de Jervas est exagéré. Kneller connoissoit peu l'antique ; cependant Pope le consulta pour un dessin du bouclier d'Achille (1).

En examinant actuellement les premiers portraits de femmes par Jervas, leur corps, d'une fade carnation enfermé dans des aunes de satin, peu de personnes confirmeront les éloges que Pope lui donne dans son épître.

Il y a plusieurs portraits par *Hudson*, le meilleur élève de Richardson ; mais aucun n'est d'un grand mérite ; le plus frappant est celui de *Handel*.

---

(1) Kneller a peint *Vénus, Apollon* et *Hercule*, d'après les plus célèbres statues antiques ; il les donna à Pope, qui les légua à sa mort à lord Bathurst : ces peintures sont actuellement à Cirencester. Le poète lui adressa ses remerciemens dans une épigramme qui a été publiée dans les *Anecdotes* de M. Walpole, mais que M. WARTON a omise dans l'édition de ses œuvres. *D.*

REYNOLDS.

Un des premiers portraits qui établirent sa réputation, fut celui de *Robinson*, alors évêque
de Kildare, et ensuite primat d'Irlande, sous la
date de 1765, à Christ-Church : la couleur
s'est mieux conservée que celle du portrait du
marquis de *Granby*, à Stowe, et de plusieurs
autres chez lord Landsdowne, à Bow-Wood (1).
Deux autres du *docteur Nichol*, et l'*archevéque* actuel d'York, sont d'un style plus mâle.
Louis Hartcamp, peintre hollandois répondoit
à ceux qui lui reprochoient que ses couleurs
s'évanouissoient, qu'elles duroient encore davantage que l'argent qu'il recevoit pour elles.

---

(1) Il fit beaucoup d'expériences sur la composition de
ses couleurs; d'abord il se servit de préparations végétales,
qu'il abandonna pour employer des couleurs minérales.
On sait qu'il achetoit des tableaux du Titien ou de ses
élèves, et qu'il enlevoit les couches de couleurs pour les
décomposer et en découvrir le secret. Ses tableaux les
moins enduits de couleur se conservent très-bien : on
cite parmi eux le portrait du cardinal Beaufort, et quelques autres. *D.*

GAINSBOROUGH.

Il a peint *Welbore Ellis*, lord Mendip, à
Christ-Church, en 1763. Ce portrait est curieux
parce que c'est un des premiers essais de cet artiste : on a encore de lui, dans la galerie de
peinture, le juge *Blackstone*. La couleur des
chairs a aussi foibli dans plusieurs portraits que
je pourrois citer.

LAWRENCE.

Lely fut nommé peintre sergent du roi à l'âge
de vingt-cinq ans, et Lawrence le fut plus
jeune encore. Reynolds est surnommé le Titien,
ou peut-être mérite-t-il davantage le nom de
Pordénone d'Angleterre. S'il y a lieu d'établir
un parallèle entre le Tintoret et Lawrence, cet
artiste s'en est rendu digne beaucoup plus jeune
que Dobson, qui avoit reçu ce surnom de
Charles I, son souverain.

Le portrait de l'*évêque* actuel de Durham,
et *Saint-Asaph*, à Merton-College et à Christ-
Church, sont des tableaux animés et qui ont de
la dignité. On peut attribuer aux autres ouvrages de cet artiste les éloges que Pline fait de Ctesilaüs : « qu'il avoit ajouté l'élévation et la grace

aux êtres que la nature avoit doués de la plus grande noblesse (1).

---

(1) *Henri* BROMLEY a publié un catalogue de tous les portraits anglois qui ont été gravés depuis Egbert-le-Grand jusqu'à présent; Londres, 1793. *in*-4°. Il seroit à désirer qu'on fît pour la France un ouvrage semblable: le catalogue des portraits qui est à la fin de la *Bibliothè-que de la France*, de M. de FONTETTE, est insuffisant. *A. L. M.*

SECTION IV.

Suite des tableaux qui sont en Angleterre. —
Ecoles vénitienne , lombarde , romaine ,
de Bologne , etc.

———————

Il y a des tableaux d'autels dans les différens
colléges à Oxford, qui sont dignes d'être remarqués. Le plus précieux de ces ouvrages est
dans celui de la Madeleine : il représente *Jésus-*
Christ portant sa croix. Comme celui du *Titien*
à Milan , il est couronné d'épines ; sa contenance exprime la bienveillance et l'humilité mê-
lées à un air de souffrance. Il y a à Chiswick un
Christ par le *Guide* qui ressemble beaucoup à
celui-ci ; et dans le *martyre de saint André,* par
ce maître , il a introduit pareillement de petites
figures. Byres de Rome pense que ce tableau est de
Louis Carache, maître du Guide ; mais un connoisseur d'un excellent jugement l'a attribué à un
peintre espagnol, *Moralez,* que son grand talent
avoit fait nommer le *divin Moralez*(1). Ce tableau

———————

(1) Voyez Cumbrland's, *Anecdotes des peintres es-*
pagnols. D.

fut pris au siége de Vigo ; il appartenoit autrefois au duc d'Ormond, et il a été donnné en présent à la Société par M. Freeman.

Le tableau des *Anges qui apparoissent aux
bergers* est à New-College ; il est généralement
attribué à *Annibal* CARACHE. L'opinion de
M. Reynolds est que le dessin seul est de lui,
et que ses élèves y ont mis le coloris.

Le *Noli me tangere*, à All-Souls-College, a
été peint par *Raphael* MENGS (1). Il paroît
évidemment avoir été composé d'après celui
d'Annnibal Caracbe, dans la collection d'Or-

(1) *Ant. Raph.* MENGS étoit né à Ausig en Bohême.
Son premier protecteur fut Auguste III, roi de Pologne,
et son dernier Charles III, roi d'Espagne. Son plus grand
ouvrage est l'*apothéose de saint Eusèbe* à Rome, et son
plus beau est la *Nativité*, ou *Notte*, à Madrid.
M. Azara fait l'énumération de soixante-treize tableaux
de Mengs existant en Espagne, dont dix-sept sont
dans la collection des rois. Outre trois grandes fresques :
l'*apothéose de Trajan*, les *Grâces* et l'*Aurore*, il peignit aussi les plafonds de la villa Albani à Rome. Le chevalier d'Azara, son admirateur et son ami, a publié, en 1780,
2 vol. in-4°. de ses ouvrages, qui consistent principalement dans des *Essais* sur son art. Il a existé une grande
rivalité entre REYNOLDS et MENGS : celui-ci étoit un scru-
puleux, pour ne pas dire un servile copiste et même un
plagiaire; il étoit froidement correct. Dans la chambre des

léans, ou d'après un autre de Pierre de Cortone, dans la galerie de Florence. L'air et la contenance de la figure principale commandent l'admiration (1).

Dans la chapelle de Queens-College, il y a de lui une copie de la *célèbre nuit du Corrège*, d'un très-grand fini.

L'*Annonciation* du Guide a été bien copiée par *Pompeio* BATTONI (2), à Corpus-Christi. A Jésus-College il y a une copie de son *saint Michel*, et à Pembroke une figure de *Christ* d'après celui de *Rubens*, à Anvers, par CRANCH.

---

peintres à Florence, j'ai remarqué les portraits de Mengs et de Reynolds peints par eux-mêmes ; ils sont fortement caractérisés par l'air digne et froid de l'un, et l'air d'esprit et de liberté de l'autre. *D.*

M. Dallaway ne parle-t-il pas ici du célèbre Mengs comme il a parlé des François? Il y auroit bien des choses à dire contre le jugement qu'il prononce ; la manière dont il est écrit suffit pour en démontrer la partialité. *A. L. M.*

(1) *Cujus pulchritudo adjecisse aliquid etiam receptæ religioni videtur, adeo majestas operis deum æquavit.* QUINT. l. XII, c. V, p. 245. *D.*

(2) *Pompeio* BATTONI a été un copiste excellent; il y a plusieurs morceaux de lui en Angleterre, particulièrement des ouvrages d'après *Raphaël*, dans la chambre du Vatican à Northumberland-House. *D.*

Le mérite de ces morceaux est différent ; mais le premier que j'ai cité a plus de moelleux et de délicatesse que les autres.

Les tableaux d'autels de l'Université ont aussi des droits à l'admiration ; à Kings - College il y a une copie de la *Descente de croix*, par DANIEL *de Volterre* ; à Trinité un *saint Michel* de WEST ; la *Salutation*, par CIPRIANI, à Clare-Hall, etc.

Comme ces observations sont principalement consacrées à Oxford, je passerai à la collection qui a été léguée à Christ-Church par le général Guise (1) en 1765, en essayant de classer les écoles d'après les caractères qui les remarquent, et en indiquant le peu de tableaux qu'on doit remarquer à cause de leur excellence. Le sort de beau-

_____

(1) Le général Jean Guise est mort gouverneur de Berwick en 1765. Il servit sous le feld-maréchal Wade, et prit de lui du goût pour la peinture. Il fut chargé par Frédéric, prince de Galles, de rassembler des tableaux, et fut très-protégé par le duc de Cumberland. Il alla à Rome dans un âge avancé, et y fut peint par *Gavin Hamilton,* dans le costume d'un *général romain.* Ce tableau est actuellement chez M. W. Guise, à Highnam-Court, près de Gloucester. Un autre a été placé à Christ-Church avec sa collection. *D.*

coup de collections est d'être ou trop ou trop peu louées; celle-ci est dans ce dernier cas; car, quoiqu'il y ait une grande différence de mérite dans les morceaux qu'elle renferme, que quelques-uns n'appartiennent pas aux peintres dont ils portent les noms (1), et que d'autres aient été maladroitement nettoyés et retouchés, ou en rencontre cependant plusieurs qui sont très-intéressans pour les artistes et pour les connoisseurs.

Ecole vénitienne.

Le Titien est le premier des coloristes. Raphaël est trop monotone; il évitoit de se servir de jaune et de vermillon. Le coloris du Corrège est bon, mais point assez délicat, parce que ses chairs paroissent solides. Rubens avoit coutume d'entasser ses couleurs afin d'opérer un reflet de l'une sur l'autre; mais il ne recherchoit pas assez l'harmonie. Il préféroit Barrocio à tous les peintres de l'école vénitienne. C'est pour cette raison que ses lumières ont la couleur de la fleur du pêcher, et, comme celles de Ba-

(1) Les connnoisseurs en Italie craignent tant d'assigner un nom à un ouvrage sans des preuves authentiques, que l'on voit fréquemment dans leurs catalogues. *Quadro sorprendente, d'un autore incognito.* D.

roccio, ses demi-teintes sont bleues. Je m'estime
heureux de pouvoir citer l'opinion d'un judicieux
critique, M. Reynolds : « J'ai été souvent frap-
pé de ce que le coloris des peintres de l'école
vénitienne (particulièrement celui de Gior-
gione et du Titien, qu'on s'est toujours efforcé
d'imiter) est formé d'après les teintes d'automne;
c'est ce qui fait que leurs ouvrages ont cette
vapeur dorée qui leur donne une si grande supériorité sur les autres. Leurs arbres présentent
beaucoup plus fortement le brun riche et foncé
de cette saison que ceux des autres peintres. La
même teinte domine dans les draperies de leurs
figures, même dans les chairs, qui n'ont pas la
pureté argentine de celles du Guide, ni la fraîcheur de celles de Rubens, mais qui sont peut-
être d'un meilleur ton (1) ». Vandyck a un
pinceau délicat; mais l'usage trop fréquent des
reflets et des accidens de lumière donne à ses
chairs l'air d'avoir été rasées. Rembrant connoissoit si profondément la nature et les propriétés de ses couleurs, qu'il mettoit chaque teinte
à sa véritable place, et par ce moyen il évitoit
la nécessité de les broyer et de les tourmenter
sur la toile, de sorte qu'il les conservoit dans

(1) PRICE's, *Essais*, p. 197.

tout leur lustre, toute leur fraîcheur et toute leur beauté. Cependant il semble avoir peint la plupart de ses sujets dans une grotte où n'entroit qu'un seul rayon de lumière. Barroccio, au contraire, paroît avoir travaillé en plein air ou dans les nuages, tant ses ouvrages sont brillans. Les Caraches employoient des couleurs opaques. C'est le Titien qui a saisi les plus belles teintes de la nature, celles qui approchent le plus de la vérité. Montesquieu compare Raphaël à Virgile, et l'école vénitienne à Lucain. Cette école est remarquable par un savant coloris et une connoissance parfaite du clair-obscur; les touches sont pleines de vie, de grace et de vérité.

Il y a dans cette collection plusieurs beaux portraits (1). Un *Concert* et la *famille* de *Pesaro*,

---

(1) Le tableau qui représente la famille *Cornaro*, à Northumberland-House, est célèbre. Le roi Charles possédoit dix-sept ouvrages du Titien. A Rome on compte cinquante-quatre tableaux d'histoire et quarante-sept portraits; ces peintures sont principalement dans les palais Borghèse et Aldobrandini, et toutes ont un mérite distingué. A Florence, dans la collection Médicis, on voit quinze de ses meilleurs ouvrages, parmi lesquels sont *Philippe II*, roi d'Espagne, le cardinal *Hippolyte*, et son propre *portrait*. REYNOLDS observe (*Discourses*, p. 130) que ce portrait

une esquisse terminée depuis, et placée dans l'église de Frari à Venise, le *duc d'Alva* et un *Noble vénitien* méritent l'attention.

Ecole romaine.

Elle sort de l'école de Florence : un feu poétique, un pinceau hardi et correct, et un grand style la caractérisent. Elle a le défaut d'avoir le coloris trop foible et trop clair. Elle a produit Michel - Ange, le premier des dessinateurs. Il y a dans cette collection deux figures en raccourci, de *David et Goliath* et un *saint Christophe*, qui sont des originaux ; ils ont été conservés dans leurs premiers cadres. Les artistes de cette école, comme l'observe Dufresnoy, sont hardis jusqu'à l'exagération.

---

seul, par la noblesse et la simplicité du caractère que Titien savoit toujours donner à ses têtes, lui mériteroit la plus grande réputation, et qu'il tient le premier rang dans cette branche de l'art. Titien mourut à quatre-vingt-dix-neuf ans. Michel-Ange, Pierre de Cortone, et Léonard de Vinci approchèrent de cet âge, tandis qu'Annibal Carache, Raphaël et le Corrège n'atteignirent pas celui de cinquante ans. *D.*

Le portrait du cardinal Hippolyte, dont parle M. Dallaway, est à présent au Musée Napoléon. *A. L. M.*

L'école romaine a été établie par le plus grand peintre que le monde ait vu depuis la restauration des arts. Elle est distinguée par un goût formé sur l'antique, par l'exactitude la plus sévère dans le dessin, et l'expression la plus savante, enfin par une grande vigueur d'imagination enrichie de tout ce que le goût peut inspirer de noble, d'élevé ou de pathétique (1). La plus grande partie des professeurs de cette école ont une compo-

---

(1) Elle a ce qu'on appelle la *grace*, χαρις, *venustas*. Les premiers exemples poétiques de ce don du ciel sont : l'*Hélène* d'Homère, l'*Héro* de Musée, la *Vénus* de Virgile, et l'*Ève* de Milton. Raphaël se plaignoit à son ami le comte Balthazar Castiglione de ce que la nature ne l'avoit pas doué de pareilles idées. *Essendo carestia delle belle donne io mi servo di certa idea chi viene alla mente.* Sa *Galatée*, qu'il imagina ainsi, et qui est actuellement dans le palais Farnèse, est inférieure à ses *Madones*, qu'on sait avoir été faites d'après nature.

. . . . But she was fair,
Graceful withal, as if each limb were cast
In that ideal mold, whence Raffaelle drew
His Galatea.

MASON.

Voy. Pétrarc., p. 1, *sonett.* 179. Ariost., *Orl. fur,* description des jardins d'Alcine, *cant.* VII, st. 12 à 15. Tasso, *Gierus. lib.*, descript. du palais d'Armide, *cant.* XV, *stanz.* 60 et 61, et *cant.* XVI, st. 25. *D.*

sition élégante; cependant ils ne possèdent pas
les teintes enchanteresses des écoles vénitienne
et flamande : le défaut de coloris est assez ordinaire aux artistes qui ne s'attachent qu'à la pureté du dessin. Nous avons ici plusieurs fragmens
de cartons de Raphaël (1), qui ont été rassemblés
par le général Guise, et un très-beau, qui a
été dernièrement donné par miss Cracherode :
il appartenoit à son frère.

Ecole de Bologne.

Elle est principalement remarquable par un
grand goût de dessin, qui s'est formé d'après
l'antique et les beautés de la nature ; un contour
facile, une riche disposition et une touche à-la-
fois noble et élégante. Elle a, par un choix savant, acquis ce qui est beau dans les autres
écoles. La collection de Guise peut se glorifier
de posséder quelques-uns des plus célèbres ou-

---

(1) Il y a en Angleterre d'autres cartons de Raphaël,
outre ceux qui sont à Windsor. De ce nombre sont la
vision d'Ezéchiel et une *sainte Famille* chez le duc de
Buccleugh, dans le comté de Northampton ; une *sainte
Famille* à Badminton, et le *massacre des Innocens*, qui
appartenoit à M. Hoare à Bath. *D.*

vrages des Caraches, particulièrement un d'*Annibal.,* qui a fait le tableau de sa famille dans une *boutique de bouchers ,* qui sont occupés à débiter de la viande. Le père des Caraches étoit boucher. Il y a une anecdote curieuse sur ce tableau ; on dit qu'il a été peint pour mortifier l'orgueil de *Ludovico ,* son frère, qui affectoit de cacher son origine peu élevée (1). Un jour il parut inopinément dans le salon du cardinal Farnèse, son protecteur, au moment où Ludovico étoit entouré de seigneurs romains dont il recherchoit la société et les égards. Le sujet de cet ouvrage est certainement peu agréable ; mais le caractère et le coloris en sont extrêmement beaux. On trouve une ressemblance frappante dans les têtes avec celles gravées d'après des originaux du Musée de Florence. *Annibale* lui - même est représenté pesant la viande ;

---

(1) La famille des Caraches étoit composée de , 1°. *Ludovico ,* né en 1555, mort en 1619; 2°. *Agostino ,* né en 1558, mort en 1602; 3°. *Annibale ,* né en 1560, mort en 1622 ; 4°. *Antonio ,* appelé *Gobbo ,* fils naturel d'Agostino; 5°. *Francesco,* leur cousin, né en 1595, et mort en 1622. Dans le *Musée* de *Florence* il est dit de Ludovico : *il padre suo era macellajo.* Ludovico s'est peint lui-même avec une robe fourrée. Il y avoit dans la collection du duc d'Orléans un portrait d'Annibal. *D.*

Ludovico comme un soldat qui en achète ; la
vieille femme est la *mère ; Francesco* a le genou sur un mouton ; et *Antonio*, appelé *Gobbo*
(le bossu), est représenté détachant une pièce de
viande d'un croc, en sorte que son attitude cache
sa difformité. Ce tableau est d'un grand intérêt,
quelle que soit la manière dont on le considère :
on dit que le général Guise l'a payé 1000 liv. st.,
à Naples, où il avoit été transporté avec la collection Farnèse.

La *Madona di Bologna*, par *Annibal* CA-
RACHE. La vierge est représentée assise sur des
nuages, sous lesquels on voit la ville. Ce tableau
a été apporté de France par M. James Thornill ;
il a été acheté à sa vente ; mais il a beaucoup
souffert depuis par le nettoyage. Le plus beau
paysage d'*Annibal Carache* est dans le palais
Doria à Rome (1).

Quatre *paysages* par *Antonio*, surnommé

_____

(1) *Ann.* CARACHE empruntoit perpétuellement la figure de la femme assise du tableau de Raphaël, appelé
Incendio di Borgo, qui est dans le Vatican. Son plus beau
portrait, le *Chirurgien de Bologne*, est dans le palais Bo-
lognetti à Rome, où il y a aussi un portrait de *Ludovico*
par lui-même, dessinant une tête de Christ comme il l'a-
voit vue en songe. *D.*

Gobbo Carache, et un *Bouffon italien bu-*
vant, par *Annibal*, méritent d'être remarqués.

La *Communion de saint Jérôme* (1) par
Augustin CARACHE, qui étoit autrefois aux Char-
treux de Bologne, est une répétition en petit
du célèbre tableau du Dominiquin qu'on voyoit
dans l'église de Saint - Girolamo di Carita à
Rome (2).

Celle du Dominiquin est supérieure à l'autre,
parce que toutes les figures pleurent et expriment la douleur que leur cause la mort du saint,
sans avoir l'air d'être occupées du sacrement (3),
qui est pourtant la principale action ; au lieu
que dans le tableau d'Augustin Carache, l'idée
et le caractère général sont la dévotion, ce qui
diminue l'expression de la douleur.

Une *Madelaine mourante, soutenue par des*
Chérubins. Il y a dans cet ouvrage du Domi-

---

(1) Le Poussin disoit que les trois plus beaux tableaux
de l'Univers étoient la *Transfiguration* de RAPHAEL, le
saint Jérôme du DOMINIQUIN, et la *descente de Croix*
de DANIELE DI VOLTERRA. *D.*

(2) Ce tableau est aujourd'hui au Musée Napoléon,
n°. 709. *A. L. M.*

(3) Ce tableau est aussi dans le Musée Napoléon, n°. 765.
A. L. M.

NIQUIN le plus étonnant et le plus beau con-
traste entre l'air mourant de la figure principale et la brillante carnation des autres. Cette
composition est presque comparable, pour le
caractère de douleur mêlé d'espérance, au
martyre de sainte Agnès, dans le couvent des
religieuses de Saint-Dominique à Bologne (1).
Le poignard est plongé entre ses deux seins;
les angoisses de la douleur et la consolation cé-
leste, sont peintes avec une expression qui est
le dernier degré de l'art.

La *fable d'Ericthonius*, un petit *paysage*
de *Salvator* ROSA, ont le grand effet des ouvrages de cet artiste. La *tête de Méduse*, par RU-
BENS, est un tableau qui doit être un sujet d'admiration pour les peintres; il étoit autrefois dans
la collection de Villiers, duc de Bucks : il a été
vendu avec cette collection à M. Duart, d'Anvers, d'après ce que dit le catalogue de Bathoe.

Sophonisbe. On doute que ce tableau soit du
Dominiquin; mais il est intéressant (2).

Parmi les copies, les meilleures sont l'*Enfant*

---

(1) *Musée Napoléon*, n°. 765. *A. L. M.*

(2)   The grief that does not speak
Whispers the o' erfraugt heart, and bids it break.

SHAKESPEARE.

prodigue, d'après le *Guerchin*, dans le palais
Lancelloti à Rome; *Cupidon ébauchant son*
arc, d'après le *Corrège*, dans le palais Justi-
niani. Il y en avoit un du *Parmesan* dans la
collection d'Orléans, et le roi d'Angleterre en
possède un autre. La *nuit* du *Corrège* (1), par
Carlo Cignano, d'après l'original du palais
Ducal, à Modène : il y en a plusieurs répétitions par ce maître. La *descente de croix*,
en petit, d'après l'original de *Daniel de Vol-*
terre, dans l'église de la Trinita di Monte, à
Rome, et *Loth avec ses filles*, d'après *Cara-*
vaggio, le maître de l'Espagnolet: le corps d'une
des femmes est singulièrement beau.

Deux *portraits*, dont l'un de saint Ambroise,
et l'autre d'un seigneur lisant une lettre : ils passent pour être de l'Espagnolet. Ce sont des ouvrages supérieurs; mais je ne connois pas assez
le style de l'Espagnolet pour hasarder une opinion sur leur authenticité.

---

(1) Le CORRÈGE a été le vrai peintre de la beauté, de la
grace, de la douceur et de la sensibilité. Raphaël possédoit simplement la grace. Le Guide excelloit dans les
caractères angéliques, et peignit fréquemment des anges,
quelquefois d'une manière trop théâtrale, selon l'opinion
de ceux qui ont formé leur goût d'après la simplicité de
l'antique. *D.*

On dit que la collection de dessins et de gravures qui ont été légués à la bibliothèque par le général Guise, n'est pas inférieure à celle des peintures pour le nombre ainsi que pour le mérite des morceaux.

La galerie qui joint la bibliothèque Bodléienne avoit été d'abord destinée à servir comme de Panthéon aux hommes de lettres ou aux protecteurs de l'Université. Il y a cependant deux grands tableaux par JORDANS (1), l'aide de Rubens, et les *sept péchés capitaux*, en petit, par SCHALKEN, élève de Gérard Dow. Le duc d'HARCOURT actuel a dernièrement fait présent d'un paysage de sa main : c'est le seul tableau fait par un seigneur anglois qui soit exposé au public (2).

Dans la bibliothèque d'Oriel-College, il y a un tableau des six poètes italiens par VASARI :

---

(1) JORDANS d'Anvers a les imperfections de Rubens, mais une meilleure expression et plus de vérité : il étudia et copia la nature sans cependant choisir ses beautés ou rejeter ses défauts. Il peignit beaucoup de tableaux d'autel dans les Pays-Bas. Le duc d'Orléans possédoit de lui le *Satyre* ainsi que *Pan et Syrinx*. Son meilleur ouvrage en Angleterre est l'*Epiphanie*, qu'on voit à Chiswich. *D.*

(2) Les *paysages* de M. *George* BEAUMONT et de M. R. HOARE méritent des éloges. La *mort du cardinal*

c'est probablement une répétition de celui de Florence. A St.-John's-College il y a une copie de *saint Jean dans le désert*, par RAPHAEL (1), en mosaïque de Florence, art inventé et porté à sa perfection par un moine anglois de Vallombrosa près de cetteville, nommé *Hugford*, changé par les Italiens dans celui de UGOFORTE. Le docteur Duncan obtint ce morceau de l'artiste lui-même, et en fit présent à la bibliothèque.

Wolsey, par M. W. LOCK, et les dessins de monumens gothiques et romains par M. LYSONS, placent leurs noms au premier rang parmi les artistes amateurs. *D.*

(1) La mosaïque romaine a été introduite par *Andrea* ZUFFI, qui, dans le treizième siècle, avoit appris les principes de cet art à Constantinople. *Marcello* PROVENZALE a exécuté en mosaïque le portrait de *Paul V*, dans le palais Borghèse et à l'imitation de l'antique, s'il n'est pas même d'un style supérieur. La face seule est composée de deux millions de pièces, dont plusieurs ne sont pas plus grosses qu'un grain de sable. Les fameuses mosaïques de Saint-Pierre sont de *Cesare* NEBBIA, et plusieurs autres ont été faites par CRISTOFORI. Entre les colonnes il y a dix-huit mosaïques exactement copiées d'après les plus célèbres peintres d'Italie; elles sont d'une égale beauté et d'une durée bien supérieure. Elles ont coûté près de 5000 liv. st. *D.* — On peut consulter sur ce sujet mon *Dictionnaire des Beaux-Arts*, à l'article *Mosaïque. A. L. M.*

Dans les cabinets du musée Ashmoléen, on conserve une autre imitation de la peinture : c'est un crucifiement exécuté en plumes et en miniature : il vient probablement d'Amérique. L'abbé Dubos rapporte que les Mexicains copient avec facilité toutes les peintures européennes qui leur sont présentées ; on en a apporté en Espagne , où elles sont estimées (1).

(1) *Réflexions sur la Poésie et sur la Peinture* , t. II, p. 169, *D.*

SECTION V.

Indication sommaire des principaux Ta-
bleaux de différentes écoles , qui ont été
apportés en Angleterre depuis le règne
de Henri VIII jusqu'au temps présent. —
De l'Ecole angloise, dont Joshua Reynolds
est le fondateur. — Conclusion.

APRÈS leur renaissance les arts se sont étendus
de l'Italie dans les autres parties de l'Europe.

François I et l'empereur Charles V se mon-
trèrent jaloux de posséder les meilleurs tableaux
qu'ils purent se procurer par leur crédit ou à
prix d'argent. Henri VIII, dans les premières
années de ses profusions, eut le goût de l'art et
le desir de former une collection. Ce fut le premier de nos souverains qui embellit ses palais de
tableaux représentant des sujets profanes. Le peu
de morceaux qu'ils contenoient auparavant n'é-
toient que des portraits ou des sujets de l'Ecri-
ture-Sainte, d'un travail très-grossier. Un ancien

catalogue de son mobilier indique, mais d'une manière vague, plusieurs *tables peintes ;* nous croyons que par ces mots on a voulu désigner des tableaux (1) : ces tables ont été l'origine de la collection royale.

La vanité d'Elisabeth lui fit accueillir les peintres de portraits seulement ; ils furent obligés de circonscrire leur talent dans cette branche de l'art (2). Cette mode fut universellement adoptée par les courtisans ; et son affectation de magnificence ne se montra que dans des processions et de romanesques absurdités dépourvues de goût.

Jacques I n'aimoit ni ne connoissoit les arts ;

---

(1) *Voy.* le catalogue du mobilier et des tableaux de Henri VIII, dans l'*Augmentation office*, et dans le *Mus. MSS. Harl*, 1419, fol. 58, dans lequel il est dit. A Greenwich, *a round table with th'ymage of the king*, une table ronde avec l'image du roi. *D.*

(2) Le fait suivant prouve combien sous son règne on estimoit peu les arts ; dans un inventaire manuscrit, *Museum Roll.* d 35, *Chart. antiq.* daté de 1588, des effets de Dudley, comte de Leicester, à Wanstead en Essex, il est dit que ceux de Henri VIII, de la reine Marie et de la reine Elizabeth ont été vendus 11 liv. 13 s. 4 d. avec trente-six autres. *D.* Il est inutile de répéter à l'avenir que tous les prix sont en livres sterlings.

mais ils trouvèrent un ardent et magnifique protecteur dans son favori Villiers. Lorsqu'il étoit à Anvers, il fut si enthousiasmé d'une collection faite par Rubens, qu'il en offrit à ce grand peintre 10,000 livres sterl.: c'est la première en Angleterre qui ait été formée de tableaux étrangers ; il y en ajouta encore d'autres qui furent achetés par H. Wootton, résident à Venise.

Charles I, après son avénement au trône, commença à déployer sa magnificence et à suivre son penchant pour les ouvrages de génie dans les beaux-arts. Rubens suivit bientôt la collection qu'il avoit vendue, et on le chargea de peindre les plafonds de White-Hall. Ainsi s'introduisit en Angleterre le goût pour l'allégorie et pour les sujets tirés des auteurs classiques (1). L'acquisition des cartons de Raphaël, qui ont été vendus en Hollande, est due à ses sollicitations; et il seroit superflu de dire que la nation est glorieuse de posséder ces chef - d'œuvres. Le roi, par son avis, traita avec Vincenzio Gonzaga, duc de Mantoue, de sa collection, qui, dit-on, étoit d'environ cent pièces ; il la paya 20,000 liv. st. :

---

(1) L'esquisse, pour le compartiment du milieu, fut achetée à la vente de sir G. Kneller par lord Orford, et elle étoit dans la collection d'Hougton. *D.*

ce prix exorbitant doit faire présumer qu'il y avoit aussi beaucoup de sculptures.

Les profusions de Charles et celles de Philippe IV, son rival, pour l'acquisition de tableaux, en firent tripler le prix en Europe.

Inigo-Jones construisit une galerie près de White-Hall pour placer tous ces tableaux ; et à l'époque où ils furent vendus et dispersés, ils étoient au nombre de trois cent quatre-vingt-neuf.

La collection originale du duc de Mantoue a été extrêmement augmentée après son arrivée en Angleterre ; on en conserva vingt-cinq portraits ou des sujets d'histoire du Titien, et soixante-cinq autres par plusieurs grands maîtres, principalement par Jules Romain.

Il est satisfaisant de savoir qu'après une dispersion aussi complète que celle qui fut commandée par l'autorité du Parlement, quelques-uns des morceaux les plus précieux ont pu parvenir au cabinet royal. Les cartons (1) furent ache-

---

(1) Richardson se livrant à tout son enthousiasme pour l'art, dit, en parlant des cartons de Raphaël : «puissent ces cartons rester à cette place (Hamptoncourt), à l'abri de

tés 300 livres, et placés à Hampton-Court; ils furent déplacés ensuite en 1716; on leur mit une doublure, et on les encadra dans les paneaux d'une pièce de Buckingham-House; mais on les en a dernièrement retirés : ils sont actuellement au château de Windsor, et très-bien conservés. Les douze *Césars* du TITIEN, qui furent payés un si haut prix, sont à Kensington. On dit que la *Madona* de RAPHAEL a été volée dans une église à Venise; à la vente elle a été achetée 800 livres qui furent comptées par l'ambassadeur d'Espagne, et elle est actuellement à Madrid. Je renverrai mes lecteurs pour de plus grands détails aux *Catalogues* de BATHOE, dont il y a beaucoup d'extraits dans les *Anecdotes de peinture* de WALPOLE : il est inutile de les répéter.

La collection du duc de Buckingham fut placée à York-House, qui étoit alors son palais, dans le Strand. Après qu'il eut été assassiné, le Roi, le

---

toute altération, aussi long-temps que la nature des matériaux le permet; puisse même un miracle s'opérer en leur faveur, comme ils sont eux-mêmes un des plus grands exemples du pouvoir donné par la divinité à un mortel pour enfanter un si merveilleux ouvrage (p. 63) ». HOLLOWAY les grave en ce moment. *D.*

comte de Northumberland et l'évêque de Montagu devinrent les acquéreurs de quelques-uns de ses tableaux. Pendant les troubles, plusieurs furent volés, et le reste, dont Bathoe a publié un catalogue, a été envoyé à Anvers par M. Traylman, l'homme de confiance de la famille, afin de se procurer de l'argent pour l'entretien du jeune duc, alors exilé. La plus grande partie fut achetée par l'archiduc Léopold, et ajoutée à sa collection, qui étoit à Prague, et qui a été depuis transportée à Vienne. Plusieurs tableaux ont été acquis par M. Duart d'Anvers : de ce nombre étoit l'*Ecce homo* par le TITIEN. Le Pape, Charles V et le Sultan Soliman sont peints dans ce tableau. On dit que lord Arundel en offrit au duc de Buck la somme de 70,00 liv. st. en argent ou en terres. Il en existe une copie à Northumberland-House. Lord Arundel a-t-il voulu proposer à son rival un défi de dépenses, ou a-t-il cédé à son amour pour les arts? ce dernier motif paroît plus digne de lui.

Il est certain que le goût éclairé de lord Arundel ne se borna point à rassembler des statues et des choses précieuses, et qu'il forma avec autant de succès une collection de tableaux choisis (1). Comme je n'en connois point

---

(1) Lord Arundel employa Evelyn pour lui rassembler des tableaux, et principalement Edouard Norgate, qu'il

de catalogue authentique, je ne puis en indiquer aucun d'une grande célébrité, si ce n'est l'*Assomption de la Vierge*, par RUBENS, à Wilton, et la dernière *Cène* de RAPHAEL à Hougton ; une partie de ses dessins et quelques - uns de ses tableaux passèrent à Sir Peter-Lely ; ceux qui restèrent à Tarthall, chez lord Stafford, ne produisirent que 812 livres 18 sous sterlings. Il en resta encore quelques-uns dans la collection du duc de Norfolk.

Lord Arundel aimoit beaucoup les portraits ; il employa et protégea Oliviers, Rubens, Van-dyck, Paduanino, Vansomer et Walker. Chacun de ces artistes fit son portrait, ainsi que celui de son épouse. La famille Herbert à Wilton, est le plus beau groupe qui soit jamais sorti des mains de Wandick. Lord Arundel le pria de peindre la famille Houward de la même manière. Lorsque ce grand peintre mourut, l'esquisse étoit faite, et les têtes seulement étoient achevées. Après que le comte eut quitté l'Angleterre, *Philippe* FRIUTERS en fit une copie en

nomma après *Hérault*, à Windsor. FULLER, dans ses *Worthies*, raconte que Norgate étoit si mal fourni d'argent par son maître, qu'il se trouva dans la plus grande détresse à Marseille ; mais cette anecdote peut être mise au rang des contes débités par le même auteur. *D.*

petit. Cette copie appartenoit à lord Stafford, et
elle passa au descendant de sa maison, sir W. Jer-
mingham, à Cossey, dans le comté de Norfolk (1).
     On connoît les tableaux qui ont fait partie de
la collection d'Arundel à un grand astérisque
dont ils sont marqués par derrière.

     À la mort de Vandyck, sa collection parti-
culière devint en grande partie la propriété de
son meilleur élève (2), sir Peter Lely. Charles II,
à l'époque de la restauration, ne montra aucun
goût pour les arts ; seulement, par vanité et pour
avoir un air de magnificence, il employa Lely
et Verrio dans son palais de Windsor. Il y a
dans cette demeure royale très - peu de morceaux qui aient appartenu à son père. Les plus
estimés sont les *Avares*, par *Quintin* MATSIS;
Arétine, par le TITIEN; *Killigrew* et *Carew*

---

(1) VERTUE, dont Edward, duc de Norfolk, étoit le
protecteur, a gravé ce tableau ; mais il n'a jamais été publié. Il est actuellement à Norfolk-House, et n'est pas inférieur aux ouvrages de cet artiste. *D.*

(2) George Jamiesone, en Ecosse, étoit le disciple de
Rubens, et très - peu inférieur à Vandyck. Ses meilleurs
ouvrages sont chez lord Marr et chez lord Buchan. Jacques
Gandy, élève de Vandyck, a été célèbre en Irlande comme
peintre de portrait. Le duc d'Ormond étoit son protecteur. *D.*

dans le même tableau, et *lady Venetia Digby*, par VANDYCK, avec une famille de peintres. On a ensuite ajouté des tableaux de prix dans ce palais.

Sous le règne de Charles II, Robartes, comte de Radnor, forma un cabinet de tableaux, ou plutôt il fut le Mécène des artistes de son temps; car, dans le catalogue de sa vente, il y avoit très-peu de tableaux étrangers. Manby, Anglois, peintre de paysages alla en Italie pour y faire une collection; il exposa à son retour ses tableaux à Banquetting-House, dans White - Hall, et ne les vendit pas avec succès. La nation avoit peu de goût à cette époque, et les seules collections qui se formèrent alors furent celles des comtes de Pembroke et d'Exeter. Je dois renvoyer mes lecteurs à l'ouvrage de M. Gilpin (1) pour avoir un jugement exact sur ces deux collections; je ne puis qu'adopter ses décisions, et les limites de cet ouvrage m'empêchent de les répéter.

Lord Exeter, successeur du comte de Pembrocke, aimoit le talent de *Carlo* MARATTI, et possédoit quelques-uns de ses meilleurs ou-

_____

(1) *Picturesques Tours. Northern and western Tours.* D.

vrages (1). Ce seigneur, étant à Rome, recom-
manda cet artiste à plusieurs Anglois de consi-
dération, qui se firent peindre par lui.

Jacques II avoit à White-Hall une collection qui montoit à douze cent quarante-sept
morceaux, dont la plus grande partie fut
détruite par le feu en 1697. De ce nombre,
il y en avoit vingt-trois du Titien, d'autres par
Jules-Romain et le Tintoret, et plusieurs par
des artistes flamands. Il y avoit aussi des portraits
par Olivier, Vandyck, Lély, et d'autres peintres
qui ont travaillé depuis la restauration, ainsi que
plusieurs portraits de peintres faits par eux-
mêmes.

Les tableaux et les dessins rassemblés par P.
Lély étoient d'un si grand prix, qu'ils produisirent à la vente la somme de 26,000 liv. sterl.

Le célèbre duc de Marlborough commença le
cabinet de Blenheim. Rubens fut son artiste favori; et le duc obtint de son pinceau treize tableaux capitaux. La première et la plus belle

_____

(1) Carlo Maratti mourut en 1713, âgé de quatre-
vingt-huit ans; il étoit distingué pour la grace, et faisoit
d'après les statues antiques des esquisses très-agréables.
Comme ses premiers sujets étoient principalement des
madones, ses envieux le surnommèrent *Carluccio delle
Madonine. D.*

collection de tableaux étrangers en Irlande, avant leur dispersion, étoit celle de l'infortuné duc d'Ormond. Sous le règne de la reine Anne, les ducs de Devonshire et de Bedfort (1) ornèrent leurs palais de tableaux; et ce beau siècle de l'Angleterre fut non-seulement distingué par la littérature, mais encore par l'amour des beaux-arts qui régna parmi les personnes de qualité.

Lord Burlington réunit à Chiswick plusieurs ouvrages importans, particulièrement des portraits par VELASQUES, *l'Epiphanie* par JORDANS, et le *Bélisaire*, qu'on a cru long-temps être de Vandyck, mais qui est reconnu pour être de MORILLOS. *L'atelier de Rembrant* est un des meilleurs ouvrages de *Gérard* Dow. Il seroit difficile de fixer avec précision la date de la formation des premières collections, ou celle de l'admission d'un seul tableau célèbre dans les palais de nos grands seigneurs. Il me paroît aussi impossible d'établir entr'eux quelque parallèle; non-seulement le goût de la nation s'est

(1) A la vente de l'hôtel de Bedfort, avant qu'il fût abattu en 1800, les cartons de Thornhill produisirent 472 l. 10 s. st.; le *saint Jean prêchant* de RAPHAEL, 99 liv. 15 s. sterl.; la galerie de l'archiduc Léopold, par TÉNIERS, 220 l. 10 s. st.; quatre *tableaux de batailles* par CASANOVE, 63 liv. 1 d. st.; des *animaux* par CUYP, 210 liv. st. *D.*

prodigieusement perfectionné depuis le commencement du règne actuel, mais encore l'Angleterre s'est enrichie de tant d'excellens tableaux originaux de l'école d'Italie, depuis les révolutions arrivées sur le continent, que les cabinets autrefois vantés sont dépouillés maintenant de leur première réputation. Tel tableau qu'on regardoit depuis long-temps comme original, est convaincu d'usurpation par l'original lui-même. L'imitation de différens tableaux célèbres fournissoit autrefois aux artistes d'Italie une occupation lucrative; et nos compatriotes, emportés par l'ardeur de faire des acquisitions dans les beaux-arts, étoient plus portés à encourager leurs fraudes qu'à les faire découvrir (1).

Il y a cependant plusieurs grandes exceptions à cette observation générale. La collection d'Hougton, dont on ne peut assez regretter la perte, ne contenoit que des originaux. Aucune

(1) Un amateur connu sous le règne de George II, consultoit le peintre Richardson sur un tableau qu'il avoit acheté comme étant du GUIDE : « Voyez-donc, dit-il, le petit Hugh Howard qui prétend que c'est une copie; la première fois qu'il dira pareille chose, il aura affaire à moi ; je vous prie, M. Richardson, faites-moi le plaisir de m'en dire votre opinion ». *D.*

dépense ne fut épargnée, et sir Andrew Fountaine (1), un des meilleurs connoisseurs de son
temps, se joignit à lord Orford pour diriger
son choix (2).

_____

(1) Sir Andrew Fountaine, à Narford en Norfolk, forma un cabinet très-curieux de faïences ornées d'arabesques peintes d'après les dessins de Raphaël, ou de Giovani
da Udino, son élève. Raphaël étant devenu amoureux de la
fille d'un potier, consentit, pour gagner son affection, à
peindre la faïence de son père. Sir Jos. Reynolds exerça
d'abord son talent à peindre des pots de faïence pour l'apo-
thicaire chez lequel il étoit apprentif. *D.*

(2) Le premier ouvrage publié par son fils, M. WAL-
POLE, est intitulé *Ædes Walpolianæ*; on y trouve un
catalogue raisonné des peintures. La totalité de la collection étoit de deux cent trente - deux morceaux estimés
40,555 liv. st. George, comte d'Orford, l'a vendue à l'impératrice de Russie, et n'a reçu que 36,000 liv. st. M. Walpole observe à ce sujet que la plus belle suite de peintures
que ce royaume ait jamais possédée, étoit transportée,
pour ainsi dire, hors des regards de l'Europe.

J. Wilkes, et G. Stevens, le commentateur de Shakespeare, avoient chacun une copie des *Ædes Walpolianæ*,
avec le prix des tableaux; J'ai pris note des plus remarquables: la *Sainte-Famille*, de VANDYCK, 1600 l. st.; les
Docteurs, de RAPHAEL, 3500 l. st.; la *Madeleine aux
pieds du Christ*, 1600 l. st.; un *Paysage* par le POUSSIN,
900 l. st.; la *famille de Rubens*, par JORDANS, 400 l. st.;
deux *tableaux de fleurs* par VANHUYSUM, 1200 l. st. *D.*

Lord Leicester fit l'acquisition de quelques
bons tableaux : le *Retour d'Ægypte* , par Rubens : c'est une répétition de celui de Blenheim ;
Joseph et la femme de Putiphar , du Guide ;
Madeleine dans une caverne , du Parmesan ; la
contenance et la pâleur d'une religieuse , la fer-
veur de la dévotion , l'extase dans les yeux sont
exprimées avec une perfection qu'il est rare de
rencontrer : *Polyphême et Galatée* d'Ovide , par
Antoine Carache : c'est une fresque achetée du
palais Barberini dont elle faisoit une des principaux
ornemens ; les *Florentines se baignant dans*
l'Arno , allarmées par l'approche des Pisans :
ce tableau curieux a été dessiné par Michel-Ange,
et peint par Vasari , pour être offert en présent
à François I. Ce morceau a été découvert par
M. Fuesli , qui en parle dans la vie de Michel-
Ange ; le portrait du *duc d'Aremberg* est un
des plus beaux ouvrages de Vandyck : c'est une
répétition de celui qui est en Espagne. M. de
Calonne possédoit la *duchesse son épouse et son*
fils : ces portraits portoient la date de 1634.

Les principaux amateurs qui ont fait des collections de tableaux sous les règnes de Georges I
et de Georges II, furent le docteur Mead, M. Luke
Schaub , M. Paul Methuen , M. Gregory Page ,
M. Child , et M. Hoare , banquiers ; le field ma-

réchal Wade, le général Guise, Frédéric, prince de Galles (1), et le duc de Norfolk. Les tableaux, remarquables par leur valeur et leur nombre, ont changé de maître assez fréquemment, et une collection a souvent été formée des débris d'une autre. On feroit un volume s'il falloit spécifier le nombre de fois qu'ils ont changé de propriétaire, et la diminution ou l'augmentation des prix occasionnées par ces changemens. Je me contenterai de parler de quelques-uns des tableaux les plus célèbres qui sont en Angleterre, comme ils se présentent à ma mémoire.

Quant à ceux attribués au divin RAPHAEL, il y a peu de cabinets qui ne se vantent d'en posséder au moins un, et le plus souvent il n'appar-

---

(1) M. Bagnol de Rochampton forma la collection de son altesse royale. Celle de Norfolk-House a été rapportée d'Italie et payée des sommes immenses. Le cabinet du docteur Mead fut vendu 3417 l. 11 s. st.; celui de sir L. Shaub, en 1758, la somme de 7784 l. 5 s. st.; celui de sir G. Page contenoit principalement des ouvrages de l'école flamande; ceux de van Huysum ont été transportés à Paris. Les douze cartons des *amours de Cupidon et de Psyché*, par *Luca* GIORDANO furent achetés pour le roi, par M. West, 1200 l. st. Le reste fut acheté à l'amiable par trois personnes, 7000 liv. st. : il y avoit deux cent dix-neuf morceaux. *D.*

tient pas même à son moindre élève. La *Consultation des Docteurs de l'Eglise*, qui étoit à lord Orford, n'est plus dans ce pays. La *Sainte-Famille* à Okeover, et un autre qui appartient à M. Purbiny de Londres, sont regardés par la plupart des connoisseurs comme des originaux ; il y en a cependant qui n'en conviennent point. M. R. P. Knight a fait l'acquisition d'un portrait du *Cardinal Bibiena* par RAPHAEL ; il a été dernièrement acheté à Rome : c'est le plus bel ouvrage qu'on ait apporté dans ce royaume (1).

---

(1) La *Transfiguration*, le plus célèbre ouvrage de Raphaël a été volé par les François dans l'église de Montorio à Rome, et après cela jetée à la mer. *D.*

J'ai laissé subsister ce passage pour donner une preuve de l'injuste partialité de M. Dallaway envers les François. Ils n'ont point *volé* le tableau de la Transfiguration ; mais en l'enlevant comme un monument de leur conquête, ils n'ont fait qu'imiter les Romains, qui emportèrent les chef-d'œuvres de la Grèce. Ils possèdent la Transfiguration comme les Anglois possèdent l'inscription de Rosette, la tombe de porphyre qu'ils appellent le *Sarcophage d'Alexandre*, et tant d'objets curieux enlevés dans les Indes. Il est inutile d'ajouter que les François n'ont pas jeté la Transfiguration dans la mer, puisque ce chef-d'œuvre de la peinture orne le Musée Napoléon, où il est toujours entouré de nombreux admirateurs. *A. L. M.*

Il y avoit à Kensington un dessin de ce tableau au crayon

Le *Bélisaire* de lord Townskend, à Rainham, est le plus beau tableau de *Salvator* ROSA qui nous soit parvenu. Le duc de Beaufort a de lui une peinture satirique représentant les différentes nations de l'Europe sous le caractère emblématique de différens animaux : il fut chassé honteusement de Rome pour cet ouvrage (1).

Le tableau le plus parfait de l'ESPAGNOLET, est dans la chapelle du château de Wardour. On a si souvent retouché la *Famille Cornaro*, par le TITIEN, à Northumberland-House, que ce tableau ne peut être considéré maintenant comme le meilleur ouvrage que l'Angleterre possède de ce maître. M. Methuen à Corsham, et M. Blackwelle à Easton en Norfolk, ont des copies que l'on place à côté, non-seulement du *Christ* de *Carlo* DOLCE, qui est dans la collection de lord Exeter, mais encore de la *Mort de Sénèque*, par *Luca* GIORDANO.

La Collection qui existe actuellement à Buc-

---

noir par Casanova, de la grandeur de l'original. Il y a un carton de la partie inférieure à Badminton ; on a donné dernièrement à Dulwich-College une excellente copie qu'on dit être de Jules Romain. *D.*

(1) Voy. les *Vies des Peintres napolitains*, par Bernardo Dominici. *D.*

kingham-House, a été commencée originairement par Frédéric, prince de Galles, et portée au
degré de supériorité où elle est aujourd'hui
par Sa Majesté régnante, qui se distingue par
ses connoissances et son amour pour les arts. Les
autres Collections sont à Kensington (1), Hamptoncourt, Windsor et Kew. Il y a dans ces palais plusieurs ouvrages remarquables, par deux
peintres italiens de grand mérite, qui sont venus
en Angleterre. On y remarque aussi les *Vues
de Londres*, par CANALETTI, et plusieurs *Paysages*, par *Francesco* ZUCHARELLI, de Lucque :
ce peintre étoit venu deux fois dans ce royaume
avant l'année 1771. Ses meilleurs tableaux sont
à Hampton-Court, et les autres à Windsor, et
chez M. B. Worsley, dans l'île de Wight ; à
Queen's-Loge, à Windsor, où est l'*Intérieur
de la galerie de Florence*, par ZOFFANII, peintre
italien de beaucoup de mérite, qui ne trouvant
pas qu'il fût assez récompensé en Angleterre, la
quitta pour aller aux Grandes-Indes.

Plusieurs seigneurs, excités par l'exemple du
Souverain, se sont adonnés à cette branche des
beaux-arts ; les additions qu'ils ont faites à leurs

---

(1) *Catalog. des Peintures de Kensington*, date 1677,
MSS. Museum, 7025, 18. *D.*

anciennes collections, ou les nouvelles qu'ils formèrent alors, ont éclipsé toutes celles de leurs prédécesseurs.

On doit au feu comte de Bute plusieurs morceaux de l'école flamande, actuellement à Luton, particulièrement une *Fête*, par van HARP. Lord Grosvenor, lord Radnor à Longford-castle, le duc de Newcastle à Clumber, dans le Northumberland, lord Egremont, lord Harcourt à Nuneham, lord Scarsdale à Kedlestone, lord Ashburnham et M. Agar ont de riches cabinets (1). Le dernier possède peu de tableaux, mais ils sont d'un mérite supérieur. La totalité de sa collection ne va pas à plus de vingt morceaux; mais, excepté un seul, tous sont d'un grand style et d'excellens maîtres, particulièrement ceux de *Salvator* ROSA, et deux *Bacchanales*, de *Nicolas* POUSSIN. Il y a à Londres et dans les châteaux de plusieurs seigneurs qui habitent les provinces, d'autres collections qui mériteroient d'être citées. On auroit tort d'imputer à un oubli partial l'occasion qui m'a manqué de faire connoître leur mérite.

_____

(1) M. GILPIN, dans son traité *on the Science of picturesque beauty*, a donné une critique de beaucoup de collections de tableaux qui se sont présentées dans ses excursions, et s'est montré bon juge de la nature et de l'art. *D*

Peu de collections particulières (1) l'emportent sur celle de M. Aufrère (2), M. Angerstein et M. Beckford, à Font-Hill. M. Hope d'Amsterdam a transporté à Londres une partie de son cabinet. Il possède *la Femme adultère* et un *Déluge* par RUBENS, un autre par *Salvator Rosa*; une *Madeleine*, du GUIDE, et une col-

---

(1) M. Jennens d'Ormond Street, dans Westminster, avoit une nombreuse collection qui a été vendue dernièrement.

(2) M. Aufrère, à Chelsea, possède environ cent cinquante tableaux, dont les plus remarquables sont les *sept œuvres de miséricorde*, par *Sébastien* BOURDON; six tableaux du POUSSIN; un *Riposo*, par l'ALBANO; le *mariage de sainte Catherine*, par le CORRÈGE; une *Mère de douleur*, par le PARMESAN, et un *Enfant jouant sur son luth*, par le GUIDE, etc. M. Angerstein possède la *résurrection de Lazare*, par *Sébastien del* PIOMBO, et les dessins, par MICHEL-ANGE: ces divers ouvrages faisoient partie de la collection d'Orléans: il en a donné 5500 liv. sterl. Il possède aussi les plus beaux *animaux* par CUYPEN, et *saint Ambroise refusant les sacremens à l'empereur Théodore*, par RUBENS ou VANDYCK, qu'il a achetés de M. Elwyn, 1500 liv. st.

M. Beckford a payé 6000 livres. st. les deux fameux *paysages* de *Claude* LORRAIN, qu'on regardoit comme les plus beaux qui fussent à Rome, quand ils étoient dans le palais d'Alfiery. *D.*

lection de tableaux flamands du meilleur choix,
par *van* HUYSUM, VEENIX, *Gérard* DOW, et
van der WERF.

Les mêmes circonstances qui ont occa-
sionné le transport de ces tableaux en Angleterre, nous ont mis aussi en possession de la collection d'Orléans, qui fait infiniment d'honneur
au goût des seigneurs qui en ont fait l'acquisition. On sait que cette magnifique galerie de
tableaux doit son origine au duc-régent (1), et
sa dispersion au dernier duc surnommé l'*Ega-
lité*, qui l'avoit engagée à M. Walquier, banquier de Bruxelles, et à M. de la Borde.

Le duc de Bridgwater, le comte de Carlisle
et lord Gower, se réunirent pour l'acheter
en 1796, et payèrent la somme de 43,500 liv.
sterl. par l'entremise de M. Bryant. Après en
avoir fait une exposition publique, ces tableaux
furent vendus à l'amiable en 1799, et le reste
mis à l'enchère l'année d'après : la totalité étoit
de deux cent quatre-vingt-seize morceaux. Ces
seigneurs ont conservé pour eux plusieurs beaux
tableaux, et ils ont encore été largement in-

(1) M. Dallaway fait ici un grand anachronisme en
ajoutant : « et à son ministre le cardinal de Richelieu ».
A. L. M.

II. 18

demnisés de leurs avances. Cet heureux événement nous a dédommagés de la perte de la
collection d'Hougton (1).

Pour juger combien les collections particulières se sont enrichies dans ces dernières années, depuis qu'on a su les sacrifices que l'Angleterre faisoit pour les tableaux des grands
maîtres, on n'a qu'à consulter les catalogues
des cabinets qui ont été vendus à l'enchère.

M. Desenfans a fait une vente dans laquelle
des tableaux d'un grand mérite étoient éclipsés
par un *Paysage* de *Claude* LORRAIN, qui représente la *Procession de Sainte-Ursule*, et
les *douze mille Vierges*. En 1795, les tableaux
rassemblés par M. de Calonne, le baron Nagel
et sir Joshua Reynolds, ont été vendus aussi
à l'enchère. M. Bryant, qui étoit chargé des ar-
rangemens de la première vente, en dirigea
aussi une autre en 1798, dans laquelle se trou-

(1) Le duc de Bridgwater possède quelques-uns des
plus beaux tableaux du TITIEN et de JULES-ROMAIN. Lord
Carlisle, une *Sainte-Famille*, de RAPHAEL ; le *Christ
mort* et les *quatre Maries*, par *Annibal* CARACHE, et
la *Vénus* du TITIEN ; et lord Gower le *noli me tangere*
par *Augustin* CARACHE, les *sept Sacremens* du POUS-
SIN, et encore plusieurs autres. *D.*

voient les ouvrages les plus célèbres de Rubens (1). Vers le même temps, M. Greaves rapporta de Rome une collection choisie, principalement formée de tableaux de l'école Lombarde,
et sur-tout du Guerchin (2), parmi lesquels
étoit son tableau de *Loth et ses filles*, qui est
son meilleur ouvrage. Je ne puis désigner les
propriétaires actuels de ces tableaux, qui, pendant leur exposition, ont tant obtenu les éloges
du public : l'Angleterre, par ces acquisitions, est
devenue une école de peinture, qui ne peut être
rivalisée (3) que par l'Italie (4).

(1) *Cérès et Pomone*, le *portrait d'un chanoine de
Cologne*, un autre de *Govartius*, *Diane et des Satyres*, *Mars*, *Vénus* et *Cupidon*, la *mort d'Adonis*:
ce dernier a été acheté 1300 liv. sterl. *D.*

(2) Sept tableaux et sept esquisses par le Guerchin. *D.*

(3) Le silence que M. Dallaway garde sur le Musée
Napoléon, la galerie du sénateur Lucien Bonaparte et sur
les autres collections de France, prouve suffisamment la
partialité qui règne dans cet ouvrage, et n'empêche pas
cette contrée de posséder tant de chef-d'œuvres qu'aucune
nation ne peut espérer de l'emporter sur elle à cet égard.
A. L. M.

(4) Il faudroit des volumes pour détailler les cabinets des
palais de Rome, de Naples et de Bologne, ou même pour
parler des meilleurs tableaux. Les Italiens sont renommés
pour leurs livres de description, dans lesquels ces chef-

Le mérite des grandes collections de Vienne,
de Dusseldorf et de Dresde consiste plutôt dans
le nombre des morceaux, que dans leur excellence (1).

---

d'œuvres sont tous cités et appréciés. La galerie Médicis,
à Florence, contient cinq ou six cents tableaux sans ex-
cepter les portraits des peintres faits par eux-mêmes;
son origne date de Léopold Médicis; elle possédoit alors
trois cent quarante morceaux. Soixante-douze cadres
contiennent six cent cinq portraits en miniature, qui ont
été faits par de grands maîtres. Elle renferme aussi trois
cents volumes de dessins originaux du treizième au dix-
huitième siècle, depuis CIMABUE et GIOTTO jusqu'à MENGS
et BATTONI. Les meilleurs de ces dessins ont été gravés
à l'eau forte par *Etienne* MULINARI. *D.*

(1) On cite encore la collection formée à Vienne par
Charles IV; celle de Prague transportée à Vienne en 1657,
celle de Stahlbourg en 1728, réunie à celle du prince
Eugène dans le palais Belvidéré, faisant en tout treize
cents morceaux. Il y en a cinq de Michel-Ange, deux
d'Annibal Carache, un de Louis Carache, un d'Augustin Carache, vingt-six de Vandyk, quarante-cinq de
Rubens, quatorze d'Albert Durer, cinq du Guerchin,
neuf du Guide, sept de Snyder, neuf de Rembrant,
quarante-neuf du Titien, et dix-neuf de Téniers, les plus
beaux qui existent de ce peintre (MECHEL, *catalogue,*
in-8º., 1784).

La galerie de Dusseldorf est maintenant transférée à
Munich; elle a été originairement formée par John

L'école de peinture anglaise doit reconnoître sir *Joshua* REYNOLDS comme son fondateur,

---

William, électeur du Rhin, en 1710, et contient trois cent cinquante-huit tableaux : il y en a quarante-six de RUBENS et vingt-deux de VANDYK. Il y a un portrait de Rubens lui-même avec la chaîne que lui donna Charles I, et un autre en saint Sébastien. Ses tableaux les plus célèbres dans la galerie de Dusseldorf, sont la *bataille des Amazones*, *Samson et Dalila*, le *Christ et quatre pénitens*, *Rubens avec sa première femme*, la *chute des damnés et le triomphe de Silène*. La *descente de croix*, son chef-d'œuvre à Anvers., a été dernièrement détruit par un déplacement fait avec trop peu de soin et d'attention. *D.*

Tout le monde sait que la *Descente de croix* de Rubens est, dans le meilleur état, au Musée Napoléon, n°. 503. *A. L. M.*

Différens auteurs ont écrit sur la galerie de Dusseldorf. Le premier ouvrage que l'on connoisse est la *Désignation exacte des peintures précieuses qui sont en grand nombre dans la galerie de Dusseldorf*, par *Ger. Jos.* KARSCH, 1719.

Les autres sont : *Catalogue des tableaux qui se trouvent dans les galeries du palais à Dusseldorf*; in-8°., Manheim, 1760. — *Galerie électorale de Dusseldorf*, ou *Catalogue raisonné et figures de ces tableaux dans une suite de trente planches, contenant trois cent soixante-cinq petites estampes, etc., d'après ces mêmes tableaux*, par *Chrétien de* MECHEL, Bâle, 1778, 2 vol.

par l'établissement de l'académie qu'il a formée
sous les auspices de Sa Majesté. Il donna dans ses
ouvrages l'exemple des principes purs qu'il a
développés dans ses discours annuels. Ses cri-
tiques des ouvrages de Raphaël et de Michel-
Ange sont des chef-d'œuvres de discussion, et
on trouve dans ses ouvrages littéraires plusieurs
dissertations scientifiques bien préférables à celles
de Mengs dans ses Essais sur la peinture. Les

---

in-fol. Tous les tableaux y sont représentés dans l'ordre
où ils sont suspendus. Ils sont généralement bien gravés,
et dans le vrai sentiment des différens maîtres. Mais en
gravant chaque partie d'une galerie sur une seule planche,
il faut naturellement observer les dimensions ; il en ré-
sulte que les sujets des petits tableaux s'embrouillent au
point qu'on ne peut plus y rien reconnoître : c'est ici le
sort de Vander Werf. La description écrite en françois est
bien faite ; mais en général l'auteur loue trop facilement.
— On a encore un *Recueil de dessins tirés de l'Académie de Dusseldorf,* 1784. — *Collection of fifty et-
chings by* H. Selke, *and M.* Billinger *after the most
celebr. paintings at Dusseldorff,* 1787. — *Calendrier
du Bas-Rhin pour les amateurs du beau et du bon,*
par, F. Muhr. On y donne les descriptions et les gravures
des principaux objets de cette collection. Les gravures
sont exécutées avec soin par Hesz, et les descriptions,
faites avec discernement, donnent une idée assez juste de
l'artiste et de son ouvrage. — J. R. Forster parle assez au

plus fameux tableaux de Reynolds sont, 1°. *Gar-rick entre la tragédie et la comédie* : il le fit pour le lord Halifax, et il est actuellement chez M. Angerstein, qui possède pareillement sa *Vénus*. 2°. *Ugolin dans sa prison*, au duc de Dorset : il a imité Michel-Ange dans sa *Terribil via*, ainsi que l'appeloit *Augustin* CA-RACHE dans son sonnet sur la peinture : c'est le triomphe de sir Joshua dans son art (1). 3°. *la*

---

long de la collection de Dusseldorf, t. I, p. 88-210, dans son *Voyage philosophique et pittoresque sur les rives du Rhin, à Liège, dans la Flandre, etc.*, fait en 1790, traduit de l'allemand par *Charles* POUGENS ; Paris, 1794 (an 3), 2 vol. *in-8°*. — M. LANGER, directeur de la galerie de Dusseldorf, a aussi publié, il y a peu d'an-nées, *treize gravures, d'après plusieurs grands maî-tres, conservées dans cette galerie*. — Enfin j'ai inséré dans le *Magasin encyclopédique*, t. I, p. 79, jan-vier 1806, une *lettre sur la galerie de Dusseldorf* ; elle est de M. G. C. BRUUN NEERGAARD, Danois, qui décrit et juge avec autant d'exactitude que de discernement presque tout ce qui compose cette précieuse collection. On a publié depuis, dans les *Archives littéraires*, ann. 1806, t. I, une autre notice ; mais elle est moins détaillée. *A. L. M.*

(1) La vénération de Reynolds pour Michel-Ange alloit jusqu'à l'enthousiasme. Il avoit pour cachet une tête de ce grand peintre, et dans un de ses discours il s'exprime

Nativité pour les vitraux de New-College, au duc de Rutland. 4°. *Hercule enfant,* peint pour l'impératrice de Russie : la figure de Tirésias dans ce tableau est celle du docteur Johnson. 5°. La *Mort du cardinal Beaufort*, pour la galerie de Shakespeare : il y a réuni le coloris du Titien avec le clair-obscur de Rembrant. 6°. *Madame Siddons en Melpomène* : ce portrait appartenoit à M. de Calonne ; il est actuellement à M. W. Smith. 7°. *Portrait de madame Billington :* il a été vendu en 1798 cinq cents guinées à la vente de M. Bryant : il appartient au duc de Bedford. 8°. *Robin Goodfellow,* pour la galerie de Shakespeare : il est d'un style joyeux et d'une originalité particulière. 9°. *Cymon et Iphigen ,* à lord Inchiquin : ce tableau est également d'un caractère singulier. 10°. *Une sainte Famille,* qui appartient à lord Gwyder: ce sujet si commun est traité dans une manière nouvelle et pleine de beauté (1).

ainsi : « Je desire que les derniers mots que je dois prononcer dans cette académie soient Michel-Ange , Michel-Ange. D.

(1) On peut lire dans le *Magasin encyclopédique,* ann. 1, t. I , p. 70 , une excellente notice biographique, sur *Joshua* REYNOLDS , composée par le savant MERCIER DE SAINT-LÉGER. *A. L. M.*

Pour parler en général de l'école angloise, son coloris n'est pas aussi brillant que ceux des écoles flamandes et vénitiennes ; elle réussit mieux dans le genre du portrait, principalement ceux de femmes, que dans celui de l'histoire. Dans les portraits de femmes françoises peintes par des peintres françois, il y a ordinairement un sourire forcé auquel les yeux ni le front ne participent point. Dans les portraits des artistes anglois, on remarque une expression naturelle de grace et de beauté, qui indique toujours le caractère de l'individu.

Il seroit peut-être difficile d'assigner la place de l'école angloise d'après les expositions de l'académie royale (1). Chaque peintre suit particulièrement son propre génie, ou s'attache à la manière de l'école étrangère qui s'approche le plus de son goût ; mais il existe d'autres expositions dans lesquelles les meilleurs peintres de notre temps se sont montrés avec succès. La galerie de Shakespeare, de M. Boydell, celle de M. Macklin pour des sujets tirés des poètes anglois, celle de M. Bowyer pour des sujets

---

(1) On peut lire une notice de la dernière exposition de 1806, dans le *Magasin encyclopédique*, ann. 1807, t. I, p. 403 ; elle donne un idée de l'état actuel de l'école angloise, et en fait connoître les principaux chefs. *A. L. M.*

de l'histoire d'Angleterre , et les ouvrages de Fuessli d'après Milton , sont des témoignages honorables de l'ardeur de quelques particuliers pour les arts. L'imagination vive de M. Fuessli a essayé avec un effort surprenant de donner un corps à plusieurs idées métaphysiques exprimées dans le *Paradis perdu de Milton* ; mais en admettant qu'il ait eu les conceptions les plus ingénieuses, il n'a pas assez songé au petit nombre de personnes qui pourroient le comprendre et le suivre dans les écarts de son esprit. Il ne peint que pour les savans, et il a une manière si particulière, qu'elle peut recevoir le nom de *Fusilesque*.

L'école angloise doit avouer qu'elle a beaucoup d'obligations au président actuel de l'académie , pour sa supériorité dans les sujets historiques et dans ceux tirés de l'Ecriture Sainte. Son grand ouvrage, qui représente l'*institution de l'ordre de la Jarretière*, réunit la composition , la correction et le fini, et décore avec juste titre les murs de Windsor. On dit qu'il préfère à tous ses tableaux *la Mort du Cerf,* sujet tiré d'un trait de la vie d'Alexandre III, roi d'Écosse : il a été fait pour lord Perth : Colin Fitz-Gerald en est le héros. Lord Grosvenord possède *la Mort du général Wolff,* et les *Batail-*

les de la Hogue et *de Boyne.* Ses tableaux d'autels et ses cartons pour des vitraux sont nombreux, et sont tous d'un dessin si parfait, que l'on ne sait auquel donner la préférence (1).

Les plus habiles artistes que l'Angleterre ait produits ont brillé et sont morts dans le cours de ces vingt dernières années. A peine les grands peintres de paysages d'Italie ont-ils surpassé SMITH de Chichester, GAINSBOROUGH et WILSON, pour la vérité de la nature dans leurs pays respectifs. Ce seroit même une espèce d'injustice à la réputation de Wilson, de passer sous silence son *Phaëton,* sa *Niobé* et *Cicéron dans sa maison de campagne.* Ce dernier tableau peut se soutenir auprès de ceux de Claude Lorrain. Le Cicéron ainsi qu'une répétition du même sujet, appartiennent à sir G. Beaumont, et à sir W. W. Wyme.

MORTIMER est mort jeune : par la liberté de son pinceau, et l'air sauvage de ses *bandits,* il approche des conceptions hardies de Salvator-Rosa.

Je m'abstiens de parler des artistes vivans, excepté de ceux que leur talent met au-dessus

---

(1) Annibal CARACHE ne cessoit de dire à ses écoliers: « *Bon contorno, mattone nel mezzo.* » *D.*

de la classe ordinaire. Nous trouvons dans les ouvrages de NORTHCOTE, d'OPIE et LAWRENCE (1), la continuation de l'école angloise, et l'heureuse application des principes classiques dont son fondateur, J. Reynolds, a donné de si beaux exemples. Ils les ont suivis dans leurs ouvrages; et le talent ainsi dirigé doit atteindre un tel degré de perfection, que les écoles modernes de peinture en Europe s'efforceront en vain d'égaler l'école angloise.

Je dois actuellement terminer cet aperçu; car cet ouvrage n'est pas autre chose; et pour plusieurs raisons, il n'est pas aussi complet que je pourrois le désirer. Si le public approuve mon plan, je pourrai, par des corrections et des augmentations, mériter son indulgence.

---

(1) L'admiration est unanime pour les ouvrages de Lawrence, tels que *Satan et Belzébut,* d'après Milton, qui appartient actuellement au duc de Norfolck; *M. Kemble*, dans le rôle de Coriolan, à sir R. Worsley, et *Rolla*, dans Pizarre. *D.*

FIN.

TABLE DES MATIÈRES.

II.   20

FIN DE LA TABLE DES MATIÈRES.